पतितों के देश में

पतितों के देश में

श्रीरामवृक्ष बेनीपुरी

प्रभात प्रकाशन, दिल्ली
ISO 9001:2008 प्रकाशक

प्रकाशक • **प्रभात प्रकाशन**
४/१९ आसफ अली रोड,
नई दिल्ली-११०००२

संस्करण • २०१२
मूल्य • एक सौ पचास रुपए
मुद्रक • भानु प्रिंटर्स, दिल्ली

PATITON KE DESH MEIN

by Shriramvriksha Benipuri Rs. 150.00
Published by Prabhat Prakashan, 4/19 Asaf Ali Road, New Delhi-2
e-mail: prabhatbooks@gmail.com ISBN 978-81-7315-103-2

पुनश्च

'पतितों के देश में'—यह मेरी पुरानी रचना है। अधूरे रूप में यह प्रकाशित हुई थी और तो भी पसंद की गई थी।

किंतु दूसरी बार के प्रकाशन के समय इसे पूरा कर देना मैंने अपना कर्तव्य समझा। इसका लगभग आधा हिस्सा नया लिखा गया है।

मेरी यह पुस्तक एक नए विषय पर, नई पृष्ठभूमि में, नए ढंग से लिखी गई है और मेरी शैली की नवीनता तो स्वीकृति पा ही चुकी है।

पहली बार मैंने इसमें एक लंबी भूमिका रखी थी और अंत में एक लंबा परिशिष्ट दिया था। शायद उस जमाने में उसकी जरूरत रही हो—किंतु अब 'सियनि सुहाय न टाट पटोरे' की हिमायत में उसे हटा देना ही उचित समझा।

शॉ का उपासक हूँ, किंतु कलाकार कला के बाहर उपदेशक न बने, यह मान्यता है मेरी। टाट में पटोर की, या पटोर में टाट की—सियनि (पैबंद) हमेशा बुरी है।

संक्षेप में, यह एक कैदी की कहानी उसी की जबानी है। इसका आधार एक सत्य घटना है और इसका मुख्य भाग मैंने जेल में ही लिखा था, १९३० में, हजारीबाग जेल में।

अपनी भूलों के लिए क्षमा और अपनी कला के लिए आशीर्वाद का आकांक्षी—

—रामवृक्ष बेनीपुरी

क्षमायाचना और आभार

पूज्य पिताश्री रामवृक्ष बेनीपुरी बीसवीं सदी के हिंदी साहित्य के मील के पत्थर और मार्गदर्शक स्तंभ थे। उनकी कालजयी कृतियाँ पुनः प्रकाशन की प्रतीक्षा में थीं। बेनीपुरीजी के साहित्य-प्रेमियों से हम क्षमा चाहेंगे कि उनका पुनः प्रकाशन इतने विलंब से कर रहे हैं। फिर भी इस बात का संतोष है कि अनेक कठिनाइयों के बाद इतने नयनाभिराम सर्वथा शुद्ध रूप में इन कृतियों का मुद्रण और प्रकाशन संभव तो हो सका।

हिंदी की विख्यात लेखिका एवं प्यारी भाभी श्रीमती मृदुला सिन्हा को मेरा विशेष हार्दिक आभार। अपनी बड़ी बहन डॉ. प्रभा बेनीपुरी तथा आदरणीय फूफा डॉ. सुरेंद्रनाथजी दीक्षित के प्रति अपनी हार्दिक कृतज्ञता अर्पित करता हूँ; क्योंकि हर पुनीत कार्य में इन दोनों का अयाचित प्रेमपूर्ण सहयोग और आशीर्वाद मैं सदैव पाता रहा हूँ। बेनीपुरी चेतना समिति के सचिव शिवकुमारजी की खुशी तो मेरी ही खुशी है। श्री कृष्णचंद्र प्रसाद सिंह एवं डॉ. राजेश्वर प्रसाद सिंह के प्रति भी मैं आभारी हूँ, जो हरदम मेरी सहायता को आगे आ जाते हैं।

दीपावली, 1994

—महेंद्र कुमार बेनीपुरी

विषय-सूची

विषय		पृष्ठ
बाहरी झाँकी		
१. जवानी के दिन	...	११
२. फागुन का महीना	...	१६
३. वाह मनोहर भैया!	...	२९
४. बरसात आई	...	३५
५. स्वप्न-लोक	...	४२
६. संसार की नजर	...	४७
७. आँखों में नींद कहाँ?	...	५३
८. ठनकर रही	...	६०
९. पिअरिया! पिअरिया!	...	६७
भीतरी झाँकी		
१. यह पाषाण-पुरी	...	७७
२. कोल्हू का बैल	...	८३
३. गीदड़-कुटान	...	८६
४. जेल कल्लुओं का है	...	९२
५. कामदेव कहाँ नहीं हैं?	...	९७
६. तिकठी और बेंत	...	१०२
७. पगली घंटी	...	१०८
८. फाँसियाँ भी देखीं	...	११२
९. पत्थर पर फूल	...	१२२

बाहरी झाँकी

१
जवानी के दिन

जवानी के दिन थे, बाबू!

वही जवानी–जब आदमी अकड़कर चलता, ऐंठकर बोलता, अफरकर खाता और पसरकर सोता है।

वही जवानी–जब नाक सुगंध, कान संगीत और नेत्र सौंदर्य खोजते हैं।

जब पैर कहते हैं, बढ़े चलो; हाथ कहते हैं, बिना पकड़े छोड़ो मत।

जब नसों में सनसनी दौड़ती है, छाती में गुदगुदी लगती रहती है।

बाबू, उसी जवानी के दिन थे।

मैं कितना हँसता था, बाबू! क्यों हँसता था, कौन हँसाता था? आज कोशिश करके भी मैं हँस नहीं सकता–वह हँसी तो दूर रही। क्यों? कुछ वजह बताइएगा?

लेकिन, हाँ, आप तो मेरी व्यभिचार-कहानी सुनना चाहते हैं। वजह बताने की फुरसत कहाँ!

तो, मैं व्यभिचारी हूँ। जरूर हूँ। 'रेप-केस' में सात वर्ष की सजा पाकर आज क़ितने वर्षों से लगातार चक्की चला रहा हूँ। फिर, मैं न व्यभिचारी होऊँगा तो होगा कौन? मुद्दई का ऐसा ही

बयान था, गवाहों ने उसे तसदीक किया था, न्याय के स्वर्ण-सिंहासन पर बैठकर न्यायपति का फैसला भी ऐसा ही था। मैं व्यभिचारी हूँ—जरूर हूँ!

लेकिन, बाबू, आप लोग तो देशभक्त ठहरे, समाज-सुधारक कहलाते हैं। आपमें से कुछ लोग अपने को क्रांतिवादी भी कहते हैं। क्या आप व्यभिचार की परिभाषा बताइएगा? सदाचार ही क्या चीज है, समझाइएगा? दुहाई बाबू की, यदि परिभाषा हो जाती, तो बहुत-से कसूरमंदों की कड़ियाँ कट जातीं; बहुत-से लोग जो दूध के धुले बने राजपथ पर विचर रहे हैं, उनके हाथों में जंजीरें झूलतीं। ऐसा मेरा विश्वास है, बाबू!

खैर, छोड़िए इस मीमांसा को! आप तो कहानी सुनना चाहते हैं! 'पतितों' की कहानी जरा मजेदार भी तो होती है। रेप और तलाक के मुकद्दमों के दिन कितनी खासी भीड़ रहती है कचहरी में। हा-हा-हा! वाह रे समाज! तुम्हारी यह प्रवृत्ति ही सूचित करती है कि तुम्हारे चंदन-चर्चित शुभ्र कलेवर के भीतर किस पनाले की काली धारा बह रही है! बाबू, हम-आप उसी समाज का एक छोटा-सा अंश हैं न! लाख बाँध बाँधने पर भी मन-सरिता अपने लिए राह बना ही लेती है।

□

आप स्वयं भी अनुमान कर सकते हैं, मेरा जन्म एक गरीब के घर हुआ था। उस पर भी अभागा ऐसा कि बचपन में ही पिता को खो बैठा। एक छोटे-से आँगन का पूरा राजा मैं ही था। माँ थीं; किंतु हिंदू-कानून के अनुसार उस आँगन पर उनका क्या अधिकार हो सकता था! निस्संदेह, मैं ही उसका एकच्छत्र अधिराजा था!

यह छोटा-सा आँगन तीन घरों से घिरा था। एक में गाय-बछवा बाँधे जाते। एक में जलावन और पशुधन के लिए चारा रखा जाता। ये दोनों छोटे-छोटे घर थे। तीसरा घर कुछ बड़ा था—माँ उसे काफी स्वच्छ-सुंदर बनाए रखतीं। यही हम लोगों का भंडार-घर, पाकशाला और विश्रामागार था। कभी-कभी माँ की अनुपस्थिति में, अपने बाल-सहचरों को जुटाकर, मैं उसे नाट्यशाला में भी परिणत कर देता था।

इस घर के एक कोने में रसोई पकती, एक कोने में अनाज की तीन-चार छोटी-छोटी डेहरियाँ थीं, बाकी जगह में हम भोजन करते और फिर लीप-पोतकर, चटाई डाल, सो जाते—जाड़े में घर में, गरमी में आँगन में, तुलसी-चौरे के निकट। मैं धीरे-धीरे अठारह वर्ष का हो चला था, तो भी, माँ मुझे गोद में ही लेकर सोतीं। आप आश्चर्य करेंगे, किंतु मैं उस रात को भी उस गोद में ही सोया था, जिसकी भोर में मुझे गिरफ्तार किया गया था।

हाय री वह गोद! आह री वह रात!

□

मेरे घर की, चल या अचल, जो कुछ संपत्ति थी, वह एक गाय थी—ब्याई हुई। माँ गाँव के बाबू के यहाँ दासी का काम करतीं, मैं गाय-बछवे को देखता।

शादी मेरी हो गई थी, किंतु बहू नहीं आई थी। अतः माँ के पूरे प्रेम का अधिकारी मैं ही था। खूब खिलातीं, खूब दुलारतीं।

मैं तड़के उठता। शौचादि से निबटकर बागमती में दो गोते लगा आता। फिर लँगोट कसकर अखाड़े में जा जुटता—आठ-दस पक्कड़ साथियों से और दो-चार उस्तादजी से

लड़कर, अपने धूल-धूसरित शरीर को गर्व से देखता, झूमता, घर पहुँचता। घर पर बछवा आँव-आँव से छप्पर उठाए रहता। उसे पुचकारकर खोलता। गैया के पुट्ठे पर मीठी-मीठी दो थपकियाँ देकर दुहने बैठ जाता। लोटा भर लेता और बछवा को पीते ही छोड़कर आँगन में चला आता।

माँ पाँच-सात गोल मिर्च और तीन-चार छुहारे लिये खड़ी होतीं। उनके हाथों से झपटकर उन्हें मुँह में रखता, दो-चार बार कसके चबाता, फिर गट-गट कर लोटा साफ करने लगता। जब आधा सेर करीब दूध रह जाता, लोटा रख देता। माँ कहती रहतीं, यह भी पी जा; किंतु कौन सुनता है! कुल्ली कर, मुँह पोंछ, खुरपी को छींटी में रख, उसे बगल में दबा, बाएँ हाथ में सुर्ती रख, दाहिने के अँगूठे से उसे मलता, गुनगुनाता, मैं सरेह की ओर चल देता।

मेरी माँ! मैया, मैया! बाबूजी, कभी भी उन्हें निरूठा भोजन करते नहीं देखा—मेरा ही जूठा उनका आहार था। कई बार कहा—जूठा मत खा, इससे धर्म नष्ट होता है। बोलतीं—आग लगे तेरे ऐसे धरम में। कई बार कहा—जूठा खाने से बीमारी होती है। कहतीं—भगवान् करें, तेरी बीमारी मैं खाती रहूँ। बड़ी विचित्र थीं मेरी माँ। यदि मैं जूठा नहीं छोड़ता, तो क्या उनके कंठ में एक बूँद दूध भी जाता!

मेरी मैया, कहाँ चली गईं मेरी मैया!

□

तो, हाँ, गुनगुनाते हुए घर से निकलता और गाते हुए सरेह में पहुँचता। साथियों का जमघट जुटता। इस आरी से उस आरी, इस खेत से उस खेत। घास कटती, गाने होते, दिल्लगियाँ

उड़तीं, हँसी के फव्वारे छूटते। छीना-झपटी और उठा-पटक का मजा भी हो जाता। इसी धमाचौकड़ी में छींटियाँ भी घास से भर जातीं। फिर सभी हँसते-गाते घर लौटते।

दोपहर का भोजन कर साथियों की मंडली पोखरे के निकट उस सघन अमराई में इकट्ठी होती। गुल्ली-डंडा, कबड्डी, ओल्छ-ओल्छ, आदि खेल होते। बेला ढलने पर फिर वही खुरपी-छींटी, वही इस खेत से उस खेत, वही हाहा-हीही, वही घास, वही घर लौटना।

शाम को मेरे ही आँगन में जमावड़ा जुटता। क्योंकि मेरे घर में न कोई कान पकड़नेवाला बूढ़ा था, न नाक सिकोड़नेवाली परदानशीन। सो, सबको खुलकर हँसने-बोलने की यहाँ स्वाधीनता रहती। खँजड़ी और करताल पर दो-चार संझा गाई जातीं, फिर लोरकाइन, दयालसिंघी, सोंठी, बिहुला वगैरह गीतों में से किसी का सिर कुचला जाता। चाँदनी रात में गिद्धागुड़कान का खेल भी कभी-कभी हो जाता।

ऐसी ही मेरी दिनचर्या थी। बारह महीने, तीन सौ साठ दिन में शायद ही कभी, किसी विशेष कार्यवश, इस दिनचर्या में कोई व्यतिक्रम होता।

बाबू, मेरा जीवन कितना सुखमय, कितना आनंदपूर्ण, कितना हँसी से भरा, कितना उल्लास से ओतप्रोत था। वाह रे 'वह' जीवन! आह रे 'यह' जीवन!

□

मेरा अठारहवाँ वर्ष था, लेकिन मुझे देखकर कौन कहता कि यह अठारह वर्ष का है। मैं हट्टा-कट्टा एक भरा-पूरा जवान दीख पड़ता। अंग-अंग गठे हुए—कुश्ती ने उनपर एक

अजीब मस्ती लाद दी थी।

किंतु, आपको सुनकर शायद आश्चर्य होगा कि तब तक मैं यह नहीं जानता था कि प्रेम किसे कहते हैं, मुहब्बत क्या बला होती है, आँखें कैसे लड़ती हैं, दिल कैसे उलझता है! शुरू से ही मैं अपने को लड़कियों से दूर रखने की कोशिश करता। जब से अखाड़े में उतरा, कुश्ती शुरू की, तब से तो उनकी परछाईं से भी अपने को बचाता। किंतु कौन जानता था कि मेरे इन सारे संयमों, मेरी इन सारी चेष्टाओं का यही फल होगा—मैं 'रेप-केस' का कैदी होकर इस जेल से उस जेल में चक्कियाँ पीसता फिरूँगा!

यह कैसे हुआ?

२

फागुन का महीना

फागुन का महीना शुरू हो गया था।

वही फागुन जो हरे खेतों को लाल-पीली, बूटेदार चादर ओढ़ाता है; घने पेड़ों को सौरभमयी स्वर्णकणिकाओं के गुच्छों से लाद देता है।

जो तितलियों को पंख देता है, भौंरों को कंठ देता है।

जो कोयल से गवाता है, बुलबुल को रुलाता है।

जो जवानों को मस्ती देता है, बूढ़ों को चुस्ती देता है।

जो बच्चों को नचाता है, मुरदे को हँसाता है।

वही फागुन का महीना था, बाबू!

कुश्ती लड़, दूध पी, खुरपी-छींटी लिये मैं सरेह की ओर जा रहा था। दो घंटे दिन आया होगा—किंतु सूर्य की किरणों में अभी सोना बचा था। दूब पर की ओस की बूँदें सूखी नहीं थीं। वे सूर्य की ओर देख-देखकर हँस रही थीं, खिलखिला रही थीं। उनकी हँसी में अगनित इंद्रधनुषों की सृष्टि हो रही थी। किंतु इस हँसी में कितनी करुणा छिपी थी! जिसकी ओर देख-देखकर, जिसपर मुग्ध होकर वे हँस रही थीं, जिसकी रश्मियों को छाती में छिपाकर वे कृतकृत्य हो रही थीं, वही—उनका अंतक है। ओस की नन्ही बूँदो, हँस लो, हँस लो! बस, एक-आध घंटे की देर है; जिनको लेकर तुम अपार आनंद मना रही हो, वह चुपचाप तुम्हारी गरदन मरोड़ने की ताक में है। एक-आध घंटा! फिर तुम्हारा निशान भी मिलना मुश्किल हो जाएगा! समझीं?

गाँव से एक पतली सड़क पश्चिम रुख होकर, पोखरे के पूरब किनारे से उत्तर की ओर, बागमती तक जाती है। मैं उसी सड़क से जा रहा था। पोखरे को पार कर चुका था। अब सड़क के पश्चिम खेत-ही-खेत हैं। खेतों में सरसों, मटर, चना, खेसारी, तीसी आदि अनाज के पौधे फूल रहे थे—पीले, बैंगनी, लाल, नीले आदि अनेक रंगों का मेला लगा था। तितलियाँ अपने रंग-बिरंगे पंखों को पसारे, मानो रंग-बिरंगी साड़ियों से सज-धजकर, इस मेले की सैर-सी कर रही थीं। जब धीरे से हवा का एक झोंका बह जाता, मालूम होता, रंगों के इस समुद्र में तूफान आ गया। इन फूलों पर के ओस-बिंदु भी अभी नहीं सूखे थे—किरणों के साथ की इनकी आँखमिचौनी भी खतम नहीं हुई थी। इन सबके संयोग से रंगों की एक अजीब सृष्टि हो रही

थी–एक अजीब चकमक, एक अजीब झलमल आँखों को पागल बना रही थी! मन कहता–इस शोभा के समुद्र में तितली बनकर आजन्म तैरता फिरूँ; आँखें चाहतीं–एक बार इन्हें अच्छी तरह निरखकर सदा के लिए मुँद जाएँ, इनके बाद फिर क्या देखा जाएगा भला!

सड़क की दूसरी ओर, पूरब ओर, बाबुओं की अमराई थी। उस साल आम फूट-फूटकर मँजरा था! डालियाँ झुक गई थीं। मालूम होता था, अब टूटीं, तब टूटीं। तने छेद-छेदकर मंजरियाँ निकली थीं। लीची यों ही खूब मँजरती है। उस साल उसकी मंजरी देखने लायक थी। जब हवा बहती, उसकी डालियाँ बड़ी कठिनाई से नीचे-ऊपर होतीं; जवानी की मस्ती में वह स्वयं व्याकुल दीखती! और, इन मंजरियों पर मधुमक्खियाँ भनभना रही थीं–भौंरे नाच रहे थे, गा रहे थे। एक अजीब स्वर की सृष्टि हो रही थी–जिसके सुनते ही रोंगटे खड़े हो जाते; मानो, हमारे हर रोम-कूप से मंजरियाँ निकलना चाहती हों!

इस प्रातःकाल की पुण्य बेला में मैं पुलकित होते चला जा रहा था। दोनों ओर सौंदर्य और सौरभ की बाढ़ आई थी। मैं उसमें गोते लगाता, डूबता-उतराता चला जा रहा था। चला जा रहा था–

चला जा रहा था कि पीछे से आवाज आई–मनोहर भैया!

मनोहर भैया ने देखा, उसके पड़ोस के चाचा की बिटिया पिअरिया मंद-मंद मुसकराती उसकी ओर जल्दी-जल्दी आ रही है। उसकी बगल में भी खुरपी-छींटी है। तेजी से चलने के कारण उसके बालों की लटें उसके चेहरे के इधर-उधर उलझती हैं। कभी वह उन्हें सुलझाती; कभी सिर से खिसकते

हुए कपड़े को सँभालती; कभी अस्त-व्यस्त आँचल को उचित स्थान पर रखने की चेष्टा करती; और इन सारी क्रियाओं में बहुत अंशों में असफल होती—तेजी से आ रही है। कई बार, इस खींचातानी के कारण, उसकी साड़ी उसके पैरों में इस तरह लिपट-सिपट गई कि वह गिरते-गिरते बची; तो भी वह चली आ रही है।

मैं ठहर गया, बाबू! वह हँसती हुई निकट आई। मैं ठिठका खड़ा था। उसने अपनी खुरपी-छींटी जमीन पर रख दी। दो-तीन बार सिर को हिलाकर बालों को इकट्ठा किया और उन्हें सिर के पीछे ले जाकर छोड़ दिया। फिर सिर के कपड़े को सँभाला। आँचल ठीक किया। साड़ी के निचले हिस्से में तेजी से आने के कारण, ओस की तरी पाकर, कुछ तिनके आ टिके थे; उन्हें झाड़ दिया। फिर सुस्थता की लंबी साँस ले, खुरपी-छींटी उठाकर हँसती हुई बोली—'अच्छा, चलो'—और तीन-चार कदम चलकर जब मेरे शरीर से सटने पर हुई कि मैं भी मुड़कर चल पड़ा। मैं उसकी इन क्रियाओं को देखकर हक्का-बक्का हो गया था। यंत्र की तरह, मानो, उसके इशारे से चला। मैं आगे-आगे, वह पीछे-पीछे।

यह मेरे पड़ोस की लड़की थी। यह दूसरी जाति की थी, मैं दूसरी जाति का। कोई नाता-वाता नहीं। किंतु देहात में सबका सबसे नाता रहता है न! वहाँ तो बाबू के साले से चमार भी दिल्लगी करता है। इसी नियम से वह मुझे भैया कहती। अभी मुश्किल से १३-१४ वर्ष की होगी। साँवली—छरहरा बदन। आँखें एक खास किस्म की—बरौनियाँ सघन, लंबी-लंबी; लंबे, नुकीले, दूध-से उजले कोयों में काली-काली पुतलियाँ जैसे

नाचती होतीं; चितवन में एक अजीब बाँकपन! उनपर पतली लकीर-सी भवें, जो अनायास ही कभी कटार, तो कभी कमान बन जातीं! मुसकराती चलती, हँसकर बतियाती। कई बार इसी सदाबहार हँसी के कारण वह अपनी माँ से डाँट-फटकार सुन चुकी थी; किंतु जब वह डाँटतीं, यह और भी ठठाकर हँस देती। माँ भी बक-झककर चुप हो जाती, कभी-कभी इसके भोलेपन पर वह भी हँस पड़तीं। क्या करतीं!

नाम था इसका पिअरिया। जिसको आप लोग सभ्य भाषा में 'प्यारी' कहेंगे, हमारी देहाती भाषा में, मूर्खता के कारण वही 'पियारी' और प्यार पाकर 'पिअरिया' हो जाती है। कोई भी उसकी सूरत, खासकर उसकी आँखें और हँसी देखकर कह सकता था, इस नाम में पूरी सार्थकता है। एक बार देखने पर ही उसको प्यार करने की इच्छा जाग उठती।

किंतु मुझे प्यार से क्या वास्ता? मैं तो अपने को संयम का अवतार माने हुए था। इसके पहले भी यह कई बार इसी प्रकार पुकार चुकी है—मैं खड़ा हुआ हूँ, बातें की हैं; फिर यह अपने रस्ते, मैं अपने रस्ते।

पर, आज की पुकार में न जाने क्या था कि मेरा सारा शरीर झनझना उठा। जिस समय इसने मुझे पुकारा था, ठीक उसी समय आम की डाली से 'कुहू' की सुमधुर काकली सुनाई पड़ी थी। किंतु इन दोनों में मुझे कौन अधिक आकर्षक मालूम हुई थी, कैसे बताऊँ?

फिर पुकार के बाद की उसकी वे हरकतें। उसकी वह उतावली, वह मुसकराहट, वह चपलता। जब चलकर वह मेरे निकट आ पहुँची थी, उसकी तेज साँस मेरे दाहिने कंधे से आ

टकराई थी। इस साँस में कितनी गरमी थी कि मेरे मस्तक पर पसीने की बूँदें निकल आई थीं।

□

मैं आगे-आगे जा रहा था, वह पीछे-पीछे चल रही थी।

बाईं ओर खेतों में फूलों का समुद्र उमड़ रहा था, जिसमें तितलियाँ तैर रही थीं। दाहिनी ओर अमराई में मंजरियाँ बौराई थीं, जिनसे भौंरे ठिठोली कर रहे थे। दूर से आनेवाली कोयल की दुहरी आवाज इस दृश्य में प्राण-संचार कर रही थी। आकाश साफ था—शांत, सुंदर। फागुन की मतवाली हवा दिगंत को सुरभित और व्याकुल कर रही थी। और, मैं आगे-आगे जा रहा था, वह पीछे-पीछे।

फूल हँस रहे थे। मंजरियाँ खिलखिला रही थीं। तितलियाँ त्यौरियाँ बदल रही थीं। भौंरे अनमने-से दीखते थे। और, मैं आगे-आगे था, वह पीछे-पीछे थी।

ओस-कण ठठा रहे थे, किरणें हक्का-बक्का थीं; और, मैं आगे-आगे, वह पीछे-पीछे।

मैं आगे, वह पीछे।

न वह बोलती, न मैं बोलता।

कितनी दूर यों ही चलता गया।

'अच्छा, अब मैं इधर जाता हूँ; उस खेत में अच्छी घास है, तुरंत पुर जाएगी।'—मैंने कहा।

'मैं भी चलती हूँ, जो कमी रहेगी, तुम पूरी कर दोगे—अकेली कहाँ जाऊँ?'—वह बोली और मुसकरा पड़ी।

'नहीं, मैं तुम्हारे साथ न जाऊँगा।'

'क्यों?'

'यों ही।'

'यों क्यों?'

'यों ही।'

'वाह रे यों ही! मैं चलूँगी। देखती हूँ, कैसे मुझे नहीं जाने देते हो? जबरदस्ती है!' इस जबरदस्ती के साथ वह खिलखिलाकर हँस पड़ी!

उसकी वह हँसी जैसे मेरे दिल में चुभ गई। तो भी मैं सूखा-सा होकर बोला—'जिद न कर। समझी?'

'जिद न करो; समझे?'

फिर वही हँसी—

'तो मैं भाग जाऊँगा।'

'तो मैं दौड़ पड़ूँगी—तुम आगे-आगे, मैं पीछे-पीछे। कैसा अच्छा लगेगा, मनोहर भैया?'

अब की बार वह ठठाकर हँसी। उसकी शोखी पर मुझे भी हँसी आ गई। किंतु तुरंत ही संजीदा-सा रूप बनाकर मैंने कहा—

'यदि कोई यों दौड़ते देख ले तो?'

'तो, क्या होगा?'

'पगली!'

मेरे मुँह से पगली शब्द पूरे-का-पूरा निकला भी नहीं होगा कि वह फिर ठठा पड़ी—इतने जोर से कि मुझे भय हुआ और मैं इधर-उधर देखने लगा कि कोई आसपास में है तो नहीं।

बाबू, आपने भी बहुत शोख लड़कियाँ देखी होंगी। किंतु वैसी नहीं देखी होगी, मैं कसम खाकर कह सकता हूँ। इतनी लापरवाह, इतनी बेफिक्र। इसके निकट दुनिया कोई चीज ही नहीं, समाज की कोई गिनती ही नहीं। ओफ्! मैं बुरा फँसा।

ऐसा सोचते मैंने इसी में खैर देखी कि इसको साथ चलने दूँ। और, आपसे ईमान की बात कहूँ, दिल उससे दूर नहीं होना चाहता था! मैं मुड़कर उस घासवाले खेत की ओर पतली पगडंडी से चला। मैं आगे-आगे, वह पीछे-पीछे।

मेरे पैर आगे की ओर बढ़ रहे थे; किंतु मेरे ज्ञान और भावना में, मस्तिष्क और हृदय में, द्वंद्व चल रहा था!

एक पक्ष ने कहा—'तू यह क्या करने जा रहा है, बेवकूफ! अरे इस पंथ पर पैर न दे। इसका फल बुरा होगा। आग से खेल न कर, हाथ जल जाएगा और यदि कहीं इच्छित ईंधन पाकर यह लहक उठी, तब इसी में तुझे भस्मीभूत होना पड़ेगा। भस्मीभूत—कहीं राख की ढेर भी देखने को न मिलेगी। अरे, तू अपने संयम के लिए गाँव में प्रसिद्ध है। तुझे लोग सदाचार की मूर्ति, सच्चरित्रता का अवतार समझते हैं। जब वे तुझे इसके साथ यों एकांत में देखेंगे तो क्या समझेंगे? क्या कहेंगे? छोड़ इस प्रपंच को; अब भी चेत; इसे डाँटकर कह दे— चल, जा मेरे पीछे से।'

इतना सोचते ही दिल को कड़ाकर मैंने पीछे देखा, इसलिए कि उसको डाँटूँ। किंतु उसे देखते ही यह सब ज्ञान-गुदड़ी मानो कुहासे-सी फट गई। हमारे दोनों तरफ सरसों सघन रूप से फूली हुई थी। उसके कुछ फूलदार डंठलों को तोड़-तोड़कर वह हाथ में लिये हुए थी। उसके हाथ में वे फूलों के गुच्छे कितना खिल रहे थे! सरसों के फूलों की कुछ कोमल पंखुड़ियाँ, उसकी हरकतों के कारण, उसके कपड़े पर जा गिरी थीं और ओस के गीलेपन के कारण उसमें चिपक गई थीं—मालूम होता था, उसकी साड़ी में सोने के बूटे टँके हों। इस

फूलों के वन में, फूलों के गुच्छे लिये, फूलों की पंखुड़ियों से लदी, वह साक्षात् वन-देवी मालूम पड़ती थी। मैं ठिठक गया। वह नीचे देखती, तल्लीन-सी आ रही थी। इस ठिठकने की आहट से उसने सिर उठाया, मेरी आँखों में आँखें गड़ाकर देखा और हँस पड़ी। बोली—'काहे ठहर गए; क्या देखते हो?' मैं कुछ बोल न सका। मुड़कर फिर चल पड़ा।

अब दूसरे पक्ष की बारी आई। वह बोला—'हिस्, इसमें क्या धरा है, जो उधेड़-बुन कर रहे हो? इसमें संयम-कुसंयम का सवाल कहाँ से आता है? पाप-पुण्य की कल्पना तो तुम्हारी अपनी है। यहाँ तो स्पष्ट बात इतनी है—इस सुंदर समय में एक सुंदरी तुमसे एक तुच्छ बात की याचना कर रही है। कुछ नहीं, थोड़ी देर की संगत। क्या उसे अस्वीकार कर दोगे? और, इस संगत में पाप-पुण्य की कल्पना करके तुम तो अपने मन के दोष को प्रकट कर रहे हो। कोई देखेगा?—तुम्हारे पीछे कोई क्यों पड़ा है, जो पल-पल तुम्हारी देखभाल करता रहे। ऐसी आशंका बेबुनियाद है। यदि मान लो कि कोई देख ले, तो क्या हुआ? क्या एक लड़की के साथ घास गढ़ना पाप है? नहीं; छोड़ो इन बेवकूफी की बातों को। यह बेचारी सरल हृदय से एक सीधी इच्छा रखती है। दिन कुछ चढ़ गया है, अकेले इससे घास भी नहीं पुरेगी। उँह—इसको तकलीफ में मत रखो। यदि ऐसा ही चाहते हो, तो आज चलते समय कह देना कि अब से तुम्हारे साथ वह न आवे-जावे। बस।'

बाबूजी, उस समय इस तर्क से अपने मन को मैंने उसी तरह शांत किया, जिस तरह कोई बेवकूफ बारूद के ढेर को गरम राख से ढाँपे। हाँ, वह थोड़ी देर के लिए ढँकेगा जरूर, किंतु

जोर से विस्फोट करने के लिए। मैंने उसके साथ घास गढ़ी, बातें कीं, चुहुल और विनोद, मुसकराहट और हँसी की बहार लूटी और घर चला। गाँव के निकट पहुँचकर जब उसने कहा—'अब से तुम्हारे ही साथ घास गढूँगी, मनोहर भैया'—तब मुझसे यह कहते पार न लगा कि मत आना। मेरे सारे तर्क और ज्ञान का यही परिणाम था!

घर आया, खाया। दोपहर को कहीं बाहर न गया। मन में विचित्र द्वंद्व था, शरीर में अजीब अवसाद। मोथी की चटाई बिछाकर घर में ही सो गया। सो क्या गया—आँखें मूँदे पड़ा था। कभी-कभी झपकी आती थी, तो वही फूलों से भरे खेत, वही मंजरी से लदे पेड़, वही पिअरिया और वही मैं। मैं आगे-आगे, वह पीछे-पीछे। उसकी वह जिद, सरसों के वन में उसका वह प्रस्फुटित सौंदर्य, वह साथ-साथ घास गढ़ना, बतियाना। वह चुहुल, वह विनोद, वह मुसकराहट, वह हँसी। पिअरिया! प्यारी—पियारी—पिअरिया। पिअरिया—पियारी—प्यारी। मैं व्याकुल हो उठा। यह एक पैर आगे बढ़ाते ही मैं किस अगाध सागर में जा पड़ा! पंख फैलाते ही मैं किस व्योम-मंडल में फेंक दिया गया!! उफ्—फ्!

□

भोर से ही साथियों से भेंट न हुई थी। वे लोग आखिर ढूँढ़ते-ढूँढ़ते घर में आ पहुँचे। क्यों पड़े हो, कहाँ रहे, उठो, चलो, आदि का शोर था। मैं क्या जवाब देता? केवल इतना ही कहा—तबीयत सुस्त है, जरा सोने दो भैया! उनमें से एक, जो हम सबमें सबसे बड़ा काइयाँ और जबाँ-दराज था, बोल उठा—'मनोहर भैया को आज दूनी घास—ड्योढ़ी तो

जरूर—गढ़नी पड़ी है, थके हैं, सोने दो, तंग न करो।' इतना कहकर वह मेरी ओर देखकर यों मुसकराया, जैसे छिपे-छिपे उसने हम लोगों की सारी कार्रवाइयाँ देखी हों। फिर अन्य साथियों को ढकेलकर उसने घर से बाहर कर दिया, खुद भी चला गया और बाहर से दरवाजे की कुंडी लगा दी। हँसी-हँसी में ही उसने मुझे यों साथियों के ऊधम से बचा लिया—मैं उसकी इस कार्रवाई पर जरूर फिदा हो गया होता, किंतु मुझे तो दूसरी ही चिंता ने आ घेरा—तो, क्या इसे आज की घटना मालूम हो गई? कुछ सांत्वना इसी बात की थी कि मेरे अन्य साथियों को इन सबका कुछ पता नहीं; नहीं तो उसके कहने पर कुछ फब्तियाँ जरूर कसी जातीं।

मुझे खिला-पिलाकर माँ बाबू के घर चली गई थी। थोड़ा दिन था, तो आई। कुंडी लगी देखकर समझी कि मैं बाहर चला गया हूँ, किंतु ज्योंही वह घर के भीतर आई, मुझे सोते देख अचरज में पड़ गईं। मैं दिन में कहाँ सोता था! उसने मुझे उठाया। सचमुच मैं सो गया था—इन तर्क-वितर्कों के कारण दिमाग थककर शायद विश्राम लेने लगा था!

उठकर झटपट घर से बाहर आया। पानी लेकर मुँह धोया। फिर, खुरपी-छींटी ले सरेह की ओर चला।

शाम होने में देर थी—लेकिन सूरज की रोशनी की रजतिमा धीरे-धीरे स्वर्णिमा में परिणत हो रही थी। सारी प्रकृति फिर एक बार मुग्धकर रूप धारण कर रही थी।

वह तालाब, वही रास्ता, वही रास्ते की एक ओर के खेत, वही दूसरी ओर की अमराई!

वही रंगों का मेला—वही सुगंध का भंडार।

और, इसी समय, पिअरिया की वह मादक-स्मृति! पगली-सी उसका आना, मनोहर भैया कहकर पुकारना, साथ लगना, जिद करना, घास गढ़ना, हँसना, मुसकराना, चुहलें करना!

मालूम हुआ, जैसे, पीछे से वह फिर पुकार रही है—मनोहर भैया, और, मैंने झट गरदन मोड़ी! कोई नहीं!

अब तो चारों ओर से मालूम पड़ता, जैसे वह कभी पुकारती है, कभी ठठाकर हँसती है। मैं भौंचक बना, कभी इधर देखता, कभी उधर! एक बार तो मालूम हुआ, जैसे वह मेरे पीछे खड़ी है और उसकी गरम साँस मेरे कंधे को स्पर्श कर रही है!

यह क्या है?

अपने पर बड़ी खीज हुई। उफ्, मैं इतना डूब गया। पिअरिया मेरी कौन होती है? मैं क्यों उसकी संगत खोजूँ? मैं क्यों उसके लिए व्याकुल बनूँ? यह तो शैतानियत है, बदमाशी है—सीधी-सादी बदमाशी। तभी तो मन को बेलगाम घोड़ा कहा है। तो, मैं भी एक मनुष्य हूँ। लगाम कसना जानता हूँ। चाबुक भी लगाना जानता हूँ। और, तड़ातड़। हाँ। कोई ठिकाना है। हो गया—आई, घास छीली, चली गई, मामला खतम। फिर यह उधेड़-बुन, यह ताना-बाना कैसा? यह दुनिया है। रंग-बिरंगी चीजें यहाँ भरी पड़ी हैं। यदि नजर में आनेवाली हर सुंदर चीज को लेकर दुनिया बसाने की कोशिश की जाए तो दुनिया में अपने रहने की जगह भी नहीं बचे। इन बेवकूफियों को छोड़ो। बस। शांत।

मन को दूसरी ओर लगाने की चेष्टा की। सामने एक साँड़ जाँघ तक उपजे हुए गभराए गेहूँ को निर्दयतापूर्वक चर रहा था।

सड़क पर से ही दो-तीन बार उसे ललकारा। किंतु कौन सुनता है? हाँ, सुना क्यों नहीं, सिर उठाकर इस दृष्टि से मेरी ओर ताका कि मानो कह रहा हो—'ताकत हो तो आओ, दूर से चिल्ला क्या रहे हो?' और, फिर चरने लगा। मुझसे नहीं रहा गया। इधर-उधर देखा, बाँस का एक छोटा-सा टुकड़ा पड़ा था। उठा लिया और जाते ही उसके मांसल चूतड़ पर दो-चार दे जमाया। वह भागा। भागते को कौन खदेड़े? मैं फिर सड़क पर आ रहा और रास्ता पकड़ा। अकस्मात् एक नया विषय आ गया, सोचने लगा—

साँड़ दागना कितनी बड़ी बेवकूफी है; और, यह बेवकूफी बाप-दादे के नाम पर की जाती है। परलोक में उन्हें बैल की सवारी मिलेगी कि नहीं और वह उसकी सुविधा की होगी कि नहीं, यह विवादास्पद है; किंतु इस लोक में उनके नाम पर जो हजार गालियाँ होती हैं, वह तो प्रत्यक्ष है। इस प्रथा ने गाय-बैल की नस्ल भी खराब कर दी है। सस्ते-से-सस्ते बछड़े को खरीदकर दागा और छोड़ दिया। यह काश्तकारों की फसल को ही खराब नहीं करता, उनके गोधन को भी। आज देहात में जो अच्छी गाय मिलना मुश्किल हो रहा है, उसका कारण मुख्यत: यह साँड़-प्रथा भी है। किंतु कौन सोचे, कौन समझे! हम लोग तो छाया के लिए वस्तु को छोड़ते हैं, कल्पना पर तथ्य को कुरबान करते हैं। काल्पनिक परलोक के नाम पर इस लोक की वास्तविकता को क्षण-क्षण बलिदान करना ही तो हमारे देश की आध्यात्मिकता है।

३

वाह मनोहर भैया!

'वाह मनोहर भैया, खूब कतरियाए चलते हो!'

देखा, वही लौंडा, जो घर से सबको निकालकर कुंडी लगा चलता बना था, हँसता हुआ मेरी ओर बढ़ता आ रहा है। निकट आते ही पूछ बैठा—'क्यों, तबीयत अच्छी हुई?'

'हाँ, यही जरा मन भारी मालूम पड़ता है।'

'दो मन जो हो गए हो!'

मैंने धीरे से एक चपत उसके गाल पर जड़ दी। वह 'ओह रे', 'मरे रे' कहता, हँसता हुआ भागा। किंतु कुछ दूर जाकर वह फिर लौटा और बड़ी संजीदगी के साथ मेरे निकट आकर बोला—'मनोहर भैया, जरा इस गाल पर भी एक चपत जमा दो; तुम्हारी चपत में बड़ी मिठास आ गई है, भैया; तुम्हें मेरी कसम, बेचारे इस गाल को निराश न करो, यह रोएगा।'

अब की बार एक पूरा धौल जमाया। किंतु वह शोख कब माननेवाला! यों ही अंटसंट बकता रहा। खैर, किसी तरह मैं चिंता के उत्थान-पतन से बचा। वह कई तरह की दिल्लगियों में लगाए रहा। खूब हँसता, खूब ही हँसाता। हँसने से तबीयत कुछ हलकी हुई। उसके साथ ही थोड़ी-बहुत घास गढ़कर लौटा। घर के निकट पहुँचकर मैंने कहा—'बहुत अच्छे मिले आज, मोहन; जी में थोड़ी चुस्ती आई। ओह, आज तो मैं बीमार ही पड़ा था।'

'अगर यह एहसान सदा याद रख सको, मनोहर भैया,' इतना कह मर्म के साथ उसने जरा आँखें नचाईं और खिलखिलाता हुआ अपने घर की ओर दौड़ गया।

रात में मित्रों की मंडली जमी। मुझे सांत्वना मिली कि किसी ने इसकी चर्चा तक नहीं की। हाँ, वह लौंडा जब-तब नमक-मिर्च की एक-आध पुड़िया छोड़ देता! उसमें कड़वापन नहीं, चटपटापन होता; नमक का अंश मिर्च से शायद ज्यादा था। मजा मिलता! उसकी शब्दावली ऐसी होती कि कोई दूसरा भाँप भी न सके। इसकी गंभीरता शायद वह भी समझता था।

हँसी-खुशी के बाद यह मस्तों की मजलिस खतम हुई। मैं सोने चला। किंतु नींद आवे कहाँ से? करवटें बदलता रहा। माँ बगल में ही सोई थीं! इस बेकली को वह क्या समझें? पूछा—'बेटा, नींद नहीं आती है क्या?' मैंने कहा—'दिन में थोड़ा सो जो लिया था, मैया!' 'आँख मूँदकर सो जा बेटा'—कहकर वह सो गईं। मैंने भी दम साधकर माँ को यह जतलाने की कोशिश की कि मैं सो गया। इसी प्रयत्न में थोड़ी तंद्रा आ गई। न सोया था, न जगा! मस्तिष्क की आँखों से नाना तरह के दृश्य देख रहा था—भले और बुरे भी। रह-रहकर चिहुँक पड़ता। फिर आँखें झिप जातीं। न जाने यों ही कितना समय बीता। इतने में शरीर पर किसी के हाथ का स्पर्श मालूम हुआ। चौंक पड़ा। देखा, चिराग हाथ में लिये माँ हैं। एक हाथ में चिराग है, दूसरे हाथ से मेरा शरीर छू रही हैं। मैंने पूछा—'चिराग क्यों मैया?' उन्होंने पहले मेरे मस्तक पर हाथ रखा, फिर छाती पर, तब तलवे पर हाथ फेरते हुए चिंतित होकर बोलीं—'मुन्नू, तुम्हें ज्वर मालूम पड़ता है! दिन में काहे सो गए बेटा?'

कल होकर मैं बीमार था।

□

बाबूजी, इस बीमारी पर मुझे कितनी खुशी हुई थी, क्या

बताऊँ! सोचा, चलो, फुरसत हुई। यह नाव न जाने कहाँ जाकर लगती; अच्छा हुआ, शुरू में ही भद्रा आ पड़ी। किंतु मनुष्य सोचता कुछ और है, होता कुछ और है। जिस वृक्ष के जड़ से उखड़ने की कल्पना मैं करता था, वही इस बीमारी के चलते इतने गहरे जड़ पकड़ लेगा, इसका स्वप्न भी कैसे देखा जा सकता था!

उसी दुपहरिया को न जाने कहाँ से बवंडर-सी घूमती, जोर से काकी-काकी पुकारती, पिअरिया मेरे आँगन में आ पहुँची और बिना उत्तर की प्रतीक्षा किए, मेरे घर में घुस पड़ी। माँ तुरंत ही घर से निकलकर कहीं गई थीं। इधर-उधर झाँककर माँ को देखने लगी। मुझे पड़ा देख, जैसे चौंककर, 'क्या हुआ' कहती मेरे सिरहाने आई, फिर सिर पर हाथ रख चिंतित-सी होकर बोली—'ओह, बड़ा ज्वर है', और, अपना हाथ धीरे-धीरे मेरे बदन पर सहलाने लगी। मेरे मुँह से एक शब्द नहीं निकला। मैं उसकी चपलता और शोखी पर दंग था। तुरंत ही माँ आ पहुँचीं, तो उसने जरा तीखे स्वर में कहा—'काकी, कहीं बीमार को छोड़कर कोई यों बाहर जाता है!' 'कौन? पिआरी?' कहकर माँ मेरे पैताने आकर बैठ गईं और बोलीं—'क्या कहती है बेटी, अकेली ठहरी; काम-धंधा छोड़ दूँ, तो भी बाहर-भीतर तो लगा ही रहता है......' माँ शायद कुछ और कहना चाहती थीं कि बीच में ही बात काटकर पिअरिया ने कहा—'अच्छा, चिंता न करो, काकी; जब तक मनोहर भैया अच्छे नहीं होते, मैं यहीं रहा करूँगी। सचमुच अकेली......'

'तू कैसे रहेगी बेटी, क्या तेरे घरवाले रहने देंगे?'

'क्यों न रहने देंगे? मैं उनसे हुकुम ले लूँगी!' फिर कुछ

ठहरकर बोली—'काकी, तुम जरा मेरी ईया से क्यों नहीं कह देतीं? तुम कहो, तो यह 'ना' कह सकेगी?'

'हाँ, उनका स्वभाव तो जानती हूँ। किंतु जवान बे… टी…'

'चुप, तुम भी पगली हो गईं, काकी! तो क्या जवान बेटी छींटी से तोपकर रखी जाती है? क्या मैं बकरी का बच्चा हूँ कि सिआर न उठा ले जाय?'

इतना कहकर वह खिलखिला पड़ी। इस दुःख में भी माँ के होंठों पर मुसकराहट की रेखा खेल गई। मैं भी हँस पड़ा। फिर वह जैसे उस बात को जारी रखते हुए बोली—'और काकी, यदि सिआर आवे भी, तो मनोहर भैया की लाठी उसका सिर भुरता नहीं बना देगी।' इस बार वह ठठा पड़ी। हम लोग भी खिलखिला पड़े। मैं सोचने लगा—'कितनी बेफिक्र लड़की है।' फिर उसके आखिरी कथन के रहस्य को ज्यों-ज्यों गौर करता, त्यों-त्यों उलझन में फँसता जाता। यह पिअरिया मुझे कहाँ ले जाएगी, कौन कहे!

□

मेरा ज्वर बढ़ता गया, और, लगातार कई दिनों तक। जब-जब आँखें खुलतीं, पिअरिया को अपने निकट पाता। उसकी वह चपलता कहाँ चली गई थी? एकदम बूढ़ी-सी गंभीर बनी रहती और मेरी हर एक हलचल को गौर से देखने और समझने की चेष्टा करती! मैं थोड़ी गरमी महसूस करता और उसके हाथ में मोर के पंखों का पंखा; मुझे प्यास का आभास मालूम पड़ता कि उसके हाथ में गिलास। जरा पैर सुगबुगाया कि उसके हाथ मेरे तलवे पर; जरा सिर हिलाया कि मेरे बालों में

उसकी कोमल अँगुलियाँ। मैं उसके इस सेवा-भाव पर चकित रहता। रात-रात-भर जगती, किंतु कभी झिपते नहीं देखा—मानो नींद को जीत लिया हो। देखता, बैठे-बैठे माँ की आँखें झिपने लगतीं और वह लुढ़क जातीं। वह उनके कपड़े को ठीक-ठाक कर उन्हें चुपचाप सोने को छोड़ देती और आप बैठी मेरी शुश्रूषा में लीन रहती। खाने-पीने की तो परवाह ही नहीं, कई बार माँ को इसके लिए उससे उलझते देखा। 'जा बेटी, जरा करवट बदल ले। एक दिन की बात नहीं, न जाने कब भगवान् इसे अच्छा करें। यदि तुम्हें भी कुछ हो गया, तो मेरे मुन्नू को कौन देखेगा? जा—जा।' पिअरिया इधर बोलती बहुत कम थी, किंतु बार-बार माँ के कहने पर वह अनठाकर बोल उठती—'तुम हरदम क्या बड़बड़ाती रहती हो, काकी! भैया को देखो। अपनी सेहत का खयाल मुझे खुद है, मेरी चिंता न करो—लड़कियों को काल भी नहीं छूता!' मुझे देखने के लिए मेरे साथी आते ही जाते रहते। गाँव के दो-चार बड़े-बूढ़े भी देख जाया करते। बूढ़ियों की जमात भी जुटती। मेरे साथी पिअरिया की इस सेवा को कुतूहल की दृष्टि से देखते। बड़े-बूढ़ों को इधर-उधर देखने की फुरसत कहाँ; हाँ, बूढ़ियों ने तो पिअरिया को आसमान पर चढ़ा दिया—'आह! पियारी—कैसी लड़की है, देवी है, कोई अपने भाई की सेवा भी ऐसी कर सकेगा—' आदि-आदि।

एक दिन जब मैं धीरे-धीरे अच्छा हो रहा था, औरतों की एक बड़ी मंडली आ इकट्ठी हुई। मैं अच्छा हो रहा था, अतः सभी में थोड़ा उत्साह था। खुलकर बातें हो रही थीं। बीच-बीच में थोड़ी हँसी भी बिखर ही पड़ती थी। पिअरिया भी आज

उत्साह में थी। बात का सिलसिला बढ़ते-बढ़ते पिअरिया की चर्चा आ निकली। एक बूढ़ी दादी ने, पिअरिया की भूरि-भूरि प्रशंसा करती हुई, उसकी माँ से कहा—'पियारी की माँ, सच कहती हूँ, ऐसी लड़की इस गाँव-भर में नहीं है। यह छोटी-सी उम्र, और यह अगाध सेवा-भाव। तूने देवी जनी है, पियारी की माँ!' मेरी माँ को अपनी कृतज्ञता पिअरिया की माँ के सामने प्रकट करने का मानो मौका-सा मिल गया। वह बोलीं—'ठीक कहती है दैया, पिअरिया देवी है। बहिनी, मेरा मुन्नू जिएगा, तो पियारी की ही सेवा से। अगर यह नहीं होती, तो···' बीच ही में पिअरिया तिनुक उठी—'देख काकी, सातवें आसमान से नीचे मुझे नहीं रखना—हाँ, ऊपर ही उठाया, तो कसर क्यों रखी जाय? लेकिन काकी,' मुँह बनाते हुए बोली, 'कहीं मैं वहाँ से लुढ़की, मेरे पैर उखड़े, तो देखना, अपना सिर बचाने की कोशिश न करना। याद रखो, गिरूँगी तो तुम्हारे ही सिर पर—ऐसी कि तुम्हें भुरता बना डालूँगी—हाँ!' हाँ कहकर वह, विचित्र ढंग से आँखों को नचाकर, हाथ चमकाकर, मुसकरा पड़ी। उसकी माँ हँस पड़ी, मेरी माँ भी हँसीं, सारी मंडली खिलखिला उठी। बूढ़ी दादी ने कहा—'बात गढ़ना कोई इससे सीखे, जैसे पंडिताइन हो।' पिअरिया की माँ बोली—'क्या कहूँ दैया, इससे मैं तंग रहती हूँ। दिन-रात यों ही बकती और ठठाती रहती है; जवान हुई, न मालूम अक़िल कब होगी।'

इसी प्रकार की पिअरिया की शतशः प्रशंसाओं के बीच मैं अच्छा हुआ। किंतु इसमें कम देर न लगी। जब से होश हुआ, सिरदर्द भी नहीं हुआ था। सो, मानो, पूरी कसर निकाल ली गई। दो महीने बिछावन से सटा रहा, एक महीना घर-आँगन

हुआ, चौथे महीने जब बाहर निकला तो देखा, न वह खेतों की बहार है, न अमराई की गुंजार। हाँ, आम खूब फला है, अब तक रहा है और वहाँ बच्चों का जमघट लगा रहता है। खेतों में मकई, साँवाँ, कौनी आदि बोए गए हैं—उनके पीले-हरे अंकुर निकल रहे हैं। कितना परिवर्तन!

माँ ने मेरे इस आरोग्य को अपना सौभाग्य माना। किंतु मैं इसको क्या मानूँ?

अहा! यदि उस बीमारी में ही मैं गुजर जाता। कितने सुंदर स्वप्नों को लेकर मैं जाता। सुनते हैं, मरने के समय जिस चीज पर ध्यान रहता है, उसी योनि में जन्म मिलता है। कह नहीं सकता कि यह सब गप्प ही गप्प है कि इसमें कुछ तथ्य भी है। किंतु यदि इसमें तथ्य है तो मैं या तो तितली होता या भौंरा या कोयल या··· मैं होता उस पुनर्जन्म के लोक में पिअरिया का··· और पिअरिया होती मनोहर की··· । सुख में दोनों एक स्वर में हँसते, दुःख में दोनों एक आँसू रोते। उस रोने में भी आनंद होता; आज नहीं रोते हुए भी दिन-रात रोया करता हूँ। यह लांछन—यह वृश्चिकदंशन! उफ्!—आह··· !

४

बरसात आई

बरसात शुरू हो गई थी।

वसंत और वर्षा—ये दोनों ऋतुएँ कितनी मादक होती हैं, बाबू! किंतु इन दोनों की मादकता में कितना अंतर है! जिन्होंने

प्रकृति में अपने को तन्मय कर लिया है, जिनकी आँखों में कृत्रिमता का चश्मा नहीं चढ़ा है, वे ही इस अंतर को देख सकते हैं। नहीं तो बेवकूफों के लिए तो सब धान बाइस पंसेरी हैं ही।

वसंत की मादकता में कोमलता होती है, स्निग्धता होती है। वह हमें तितली-सा उड़ते चलने के लिए, भौंरे-सा गुनगुनाते फिरने के लिए प्रेरित करती है। वह हृदय में सनसनी पैदा करती है, सुगबुगाहट पैदा करती है। वह हमें गुदगुदाती है, हँसाती है। वह हमारे मन में नाना प्रकार के रंगों को पैदा करती है, ठीक उन खेतों के फूलों की तरह—चकमक, झलमल, झकझक।

किंतु वर्षा की मादकता! आह, बाबू, आप शहर के रहनेवाले इन बारीकियों को क्या समझेंगे! हर ऋतु के अलग रूप हैं, हमारे लिए उनके अलग-अलग संदेश हैं। किंतु हम अपने जीवन को इतना अप्राकृतिक, इतना अस्वाभाविक बना लेते हैं कि उन्हें देख नहीं सकते; अगर उनके बाह्य रूप को देख भी लें तो उनका संदेश सुन नहीं सकते, समझ नहीं सकते।

वर्षा की मादकता में कोमलता नहीं, प्रबलता होती है; स्निग्धता नहीं, तरलता होती है; तरलता ही क्यों, प्रवाह होता है। वह हमें बाँधों को तोड़ने के लिए, सीमाओं का उल्लंघन करने के लिए प्रेरित करती है। उसमें झंझा की झकझोर, झड़ की झरझराहट, ठनके की ठनक और बिजली की तड़प रहती है। उसमें इंद्रधनुष की रंगीनियाँ भी हैं, किंतु क्षणिक, अस्थायी। स्थायी है उन्मादमय अंधकार, दृष्टिविक्षेपकारी अंजन। कभी पुरवा, कभी पछवा; कभी शांत, कभी तूफान; कभी उमस, कभी कँपकँपी। वह हृदय में सनसनी नहीं, उच्छृंखलता पैदा करती है; सुगबुगाहट नहीं, खलबलाहट पैदा करती है। वर्षा की

बड़ी बेटी है बाढ़—सूखी नदियों को भर दो, किनारे के विशाल वृक्षों को उखाड़ दो, गिरा दो; बाँधों को मटियामेट कर दो, सीमाओं का नाम-निशान भी न हो—समूचे संसार को एक सतह में कर दो—जलमय, रसमय!

बाबूजी, वसंत की दूती है कोयल, और उसका संदेश है, कु-हू। वर्षा की दूती है पपीहा, और उसका संदेश है, पी-कहाँ। कु-हू और पी-कहाँ में जो अंतर है, वही अंतर है वसंत और वर्षा में।

कु-हू और पी-कहाँ—दोनों में प्रियतम की प्राप्ति की लालसा है। किंतु कु-हू में लोकमर्यादा है, आत्मगोपन की चेष्टा है—कुहरती है, रोती है, किंतु अपना अभिप्राय जबान पर ला नहीं सकती। कितना संयम, कितना आत्म-दमन। और, पी-कहाँ—उफ्, कितनी व्याकुलता भरी है, इस पुकार में! यह पुकार है या हाहाकार! व्याकुलता निर्लज्जता में परिणत हो गई है। पी-कहाँ—पी कहाँ—कहाँ है पिया, पिया, पिया···

□

हाँ, तो यही—ऐसी ही—वर्षा ऋतु थी।

मकई बढ़कर हम लोगों से भी ऊँची हो गई थी। उसके सिर पर चमर डुलने लगे थे और गोद में कोमल 'बाल' सुनहले लटों को लटकाए किलकने-से लगे थे। किसी की गोद में एक, किसी की दो। कौनी, साँवाँ का यौवन भी फूट चला था। यौवन-भार से उनका सिर झुक-सा गया था। जब झींसी-फूही पड़ने लगती और हवा में झोंके उठते, तब इन खेतों का दृश्य देखने लायक होता। मालूम होता, मानो प्रकृति इस सावन के सुघर महीने में हरी-हरी साड़ी पहने झूला झूल रही है।

लाल-लाल चोंचवाले हरे-हरे सुग्गों के झुंड-के-झुंड सिर पर उड़ते और कभी इस खेत, कभी उस खेत में बैठते दीखते। मानो लाल तागे में गूँथे प्रकृति के गले के ये हरे-हरे हार थे, जो झूले के पेंग पर ऊपर-नीचे होते रहते थे।

इधर, कहना फिजूल है, कि मैं और पिअरिया दोनों दो शरीर एक प्राण हो चले थे। पिअरिया के पिता के कुछ खेतीबारी भी होती है। इस साल उनके खेत में मकई बोई गई थी! पिअरिया उसकी रखवाली करती। गरीबों के घर में ऐसा ही होता है, बाबू! बड़े-बूढ़े तो बाबू के खेत पर जुते हैं, बाल-बच्चे उनके अपने खेत की देख-रेख करते हैं। पिअरिया अपने खेत के मचान पर बैठ दिन-भर सुग्गों को उड़ाती रहती। यदि ऐसा न किया जाए, तो ये सुंदर पंछी अपनी सुंदर चोंचों से बालों को कुतर-कुतरकर तार-तार न उड़ा दें! उस हरीतिमा के सागर में उस मचान-द्वीप पर खड़ी होकर जिस समय वह 'हाहा-हाहा' करके सुग्गों को उड़ाती, तो ऐसा मालूम होता, जैसे वनदेवी अपने राज्य पर इन हरे डाकुओं को चढ़ाई करते देख, उन्हें भाग जाने को, स्वयं ललकार रही हों। किंतु वे ढीठ डाकू इसकी शक्ति अच्छी तरह पहचानते थे! इधर से उड़ते, उधर बैठते। परेशान होकर वह अपना कमठा उठाती और उसपर मिट्टी की गोलियाँ रख दनादन चलाती। धनुष लिये, कामदेव की तो सबने कल्पना की है, यहाँ रतिरानी प्रत्यक्ष धनुष तान रही थीं! कमठे के साथ उसकी भवें तनतीं, गाल पर लाली दौड़ जाती, आँखों में सुर्खी छा जाती, किंतु इन सबका कोई प्रभाव उन सुग्गों पर क्यों होने लगा! गोलियाँ भी इधर-उधर निशाने से दूर जा पड़तीं। हारकर वह नीचे उतरती और इस कोने से उस कोने 'हा-हा'

करती दौड़ती-फिरती। अंत में, शायद उसकी परेशानी का मजा उठाकर, वे सुग्गे उड़ जाते।

वह मचान पर आ बैठती। कभी गीली मिट्टी लेकर कमठे के लिए गोलियाँ बनाती, कभी मकई के सूखे पत्तों से गदरा बुनने की कोशिश करती। कभी मस्ती में गीत टेरती। मेरा खेत उसके खेत के निकट ही था। उसमें कौनी थी। कौनी की देखभाल और घास छीलना—दोनों काम साथ ही करने के खयाल से मैं वहाँ प्राय: होता! शायद पिअरिया का आकर्षण भी आस-पास ही रहने को बाध्य करता। अत: इन तमाशों को हजार आँखों से देखता, इन गीतों को लाख कानों से सुनता। बदनामी के डर से इधर मैं उससे कुछ दूर ही रहने की कोशिश करता; उसे भी यह बात अच्छी तरह समझा दी थी; किंतु जब कभी झीसी-फुही होने लगती या धूप कड़ी हो जाती, मैं उसके मचान पर पहुँच जाता। मुसकराहटों का आदान-प्रदान होता, व्यंग्य-विनोदों का लेनदेन होता। फिर जिस प्रकार मुँह ऊपर किए, हँसते हुए, उसके मचान पर चढ़ता; ठीक उसके विपरीत सिर नीचा किए, हृदय पर बोझ लिये, नीचे उतरता।

किंतु अब कुछ दिनों से मन में एक दूसरी ही तरह के विचारों का उत्थान-पतन होने लगा था। जो चीज हमारे हृदय के इतना निकट थी, उसको शरीर से इतनी दूरी पर रखने के औचित्य पर शंका होने लगी। हम एक-दूसरे को चाहते हैं, एक-दूसरे को प्यार करते हैं। स्पष्ट तो यह है कि हमने एक-दूसरे को अपना हृदय दे रखा है। फिर मैं उससे दूर क्यों रहूँ, उससे अलग-अलग रहने की कोशिश में तबाह क्यों बनूँ! समझ में नहीं आता। प्रेम आध्यात्मिक चीज है, उसे वासना से

कलुषित न करो, इत्यादि कल्पनाएँ मुझे अमानुषिक जँचने लगीं—दैवी हों या दानवी; मानवी हो नहीं सकतीं।

और, बाबू, अपने इस विचार में परिवर्तन करने का कारण मुझे नहीं दीख पड़ता। माना, मैंने कष्ट सहे हैं, लांछनाएँ उठाई हैं; किंतु केवल इसीलिए जो सत्य है, उसे असत्य नहीं समझा जा सकता? मैं जितना सोचता हूँ—और, इधर जेल के इस एकांत जीवन में सोचने का मौका-ही-मौका है—मुझे अपने विचार प्रमादहीन मालूम हुए हैं। माने लेता हूँ कि शरीर और आत्मा दो चीजें हैं, दोनों के अलग अस्तित्व हैं, अलग कार्य हैं—यद्यपि यह मानने के लिए कोई प्रत्यक्ष प्रमाण नहीं है—किंतु आप-हम ऐसे साधारण जीव उन्हें विलग नहीं कर सकते। आत्मा को मिलने दो, किंतु शरीर को अलग रखो, यह कथन आप अपना खंडन करता है। 'प्राणेर परश चाहे गायेर परश'—प्राण का स्पर्श शरीर का स्पर्श चाहता है—उस बंगाली कैदी ने उस दिन यह पद गाया था। मानव स्वभाव का यही स्वाभाविक चित्रण है। आत्मा को मिलने दो, लेकिन शरीर को अलग रखो—इस भूलभुलैया-भरे कथन की सृष्टि किसी ऐसे विचारक के द्वारा हुई है, जिसमें या तो तह तक देखने की शक्ति नहीं थी या जो दुनिया की लांछनाओं से ऊब गया था, या जिसको प्रेम के बदले पत्थर मिला हो। यह कथन अनुभव से परे का है। यह बिलकुल अप्राकृतिक है। प्रकृति को आँख खोलकर देखिए, तो इस कथन की सारहीनता और छिछलापन जान पड़े। सुंदर फूलों को तितलियाँ चाहती हैं। वे चाहती हैं, तो उसके आस-पास मँडराती हैं। किंतु वे मँडराती ही नहीं रह जातीं। हृदय का प्रेम शरीर को बरबस खींचकर फूलों से एक कर देता है। आपने

कभी फूलों के साथ की तितलियों की क्रीड़ा देखी है? पहले वे खूब उसके आसपास चक्कर लगाती हैं, दो-चार बार बैठती और उड़ती हैं, जैसे मान-लीला हो रही हो। फिर पंखुड़ियों पर दोनों पंखों को पसारकर, किंजल्क पर अपने मुँह को सटाकर, यों निस्तब्धता से बैठ जाती हैं कि मालूम होता है, तन-मन की सुध भूल, मिलन का स्वर्गिक आनंद लूट रही हों! इस छोटे-से—एक इंच से भी कम चौड़े और एक तिनके से भी कम बोझ के—जीव में कहाँ से यह अपार तल्लीनता आ जाती है! यही प्रेम है, बाबू; यही प्रेम का स्वाभाविक परिणाम है। हर्ष की बात है कि तितलियों के देश में तत्त्वदर्शी नामक कोई जीव नहीं है, जो उससे कहे कि जिससे प्रेम करो उससे दूर ही रहो; उस स्वर्गिक वस्तु को अपनी वासना से अपवित्र न करो। यों ही मंजरी और भौंरे को देखिए, चिराग और पतंगे को देखिए। कहाँ तक गिनाया जाए! प्रकृति का सूक्ष्म निरीक्षण आपको पग-पग पर बताएगा कि प्रेम का अर्थ ही है, दो का मिलकर एक हो जाना, आत्म-समर्पण, एकीकरण। इस आत्म-समर्पण, इस एकीकरण की क्रिया को आत्मा और शरीर के भेदभाव के चक्कर में डालकर असफल करने की चेष्टा, मेरी समझ में, अगर अपराध नहीं, तो अपराध नाम की कोई चीज ही नहीं है।

मेरा तो खयाल है, बाबू, कि आदमी जो आज इतना दुखी है, वह इसीलिए कि वह अपनी बुद्धि के घमंड में प्राकृतिक खिंचावों पर—स्वाभाविक प्रवृत्तियों पर—ध्यान ही नहीं देता। वह इन खिंचावों को नियम का बाँध बाँधकर रोकना चाहता है। फल क्या होता है? यह बाँध तो टूटता ही है, प्रवाह में ऐसी बहुत सुंदर वस्तुएँ भी बह जाती हैं, जिनसे न जाने संसार के कितने

उपकार सधते। आज मनुष्य ने अपने को हजारों व्यवस्थाओं और नियमों के बंधन में बाँध रखा है, जन्म से लेकर मृत्यु तक वह पग-पग पर बँधा हुआ है! फलतः आज की यह अव्यवस्था, यह अत्याचार, यह उत्पीड़न!

५

स्वप्न-लोक

और, मैंने देखा, यह मिलन की स्वाभाविक इच्छा मुझी में नहीं है, पिअरिया भी व्याकुल है। उसके प्राण भी तड़प रहे हैं। उसकी आजकल की हरकतें ऐसी थीं, जिनका सूक्ष्म निरीक्षण इस बात की घोषणा जोरों से करता था। जब मैं उससे दूर होता, किसी-न-किसी बहाने वह निकट आने की कोशिश करती; जब मैं उसके निकट होता, ऐसी सहूलियतें खोजती, जिनके कारण मेरे शरीर का वह किसी-न-किसी प्रकार स्पर्श करे। और, एक आकस्मिक घटना ने इसके लिए राह भी खोल दी।

एक दिन की बात है। दोपहर का समय था। पिअरिया खाने के लिए घर गई थी। मैं खाकर आ चुका था—गेहूँ की चपातियाँ और आम के कतरे। ठूँस-ठूँस के खाया था। अन-रस (अन्न-रस) के साथ-साथ अम-रस (आम-रस) का तकाजा यही था कि कहीं लेटूँ। पिअरिया के मचान पर चला गया। मकई की सूखी पत्तियों से एक मोटा गद्दा-सा गदरा पिअरिया ने अपने हाथों तैयार किया था। उसी को बिछा, उसपर अपना अँगोछा डाल, लेट गया। लेटते ही आँखें झिप गईं!

आँखें झिपते ही एक विचित्र स्वप्न-लोक झलमला उठा।

मैं सबुज-परी के देश में हूँ। जिधर देखिए, हरा-ही-हरा। पशु-पक्षी भी हरे-हरे हैं—गायें हरी, बैल हरे; सरगट हरे, मैना हरी। सूर्य की किरण भी हरी है; हाँ, उसमें सुनहलेपन की एक विचित्र पुट-सी पड़ी है; आकाश हरा है, जमीन हरी है। एक और विचित्र बात। जितने प्राणी हैं, सबके पंख हैं—हरे-हरे। गाय-बैल के अगले पुट्ठे के निकट इस पंख की जोड़ है। वे हरी-हरी घासों को चरते-चरते पंखों को फड़फंड़ाते हुए, उड़कर इस खेत से उस खेत में पहुँच जाते हैं।

इन दृश्यों को विस्मय-विमुग्ध नेत्रों से देखता मैं खड़ा था कि एक मोटा-ताजा बछेड़ा हिनहिनाता हुआ मेरे नजदीक आकर खड़ा हो गया। वह मेरे हाथों को सूँघने लगा और अगले पैर से जमीन को खूँदता जाता-सा मालूम होता था, वह मुझसे कह रहा था कि तुम मुझपर सवार होओ। ऐसा बछेड़ा—मैं भी सवार होने के लोभ को न रोक सका!

किंतु उसकी पीठ पर जाते ही वह पंखों को फड़फड़ाकर आकाश में उड़ गया। साँय-साँय—वह बढ़ता जाता था। मैं तो हक्का-बक्का था। उसके अयाल को जोरों से पकड़े था, डर था, कहीं गिर न पड़ूँ।

वह लगातार उड़ता गया। उड़ते-उड़ते अब एक ऐसा लोक दीख पड़ने लगा, जहाँ सब कुछ सुनहला था। बात की बात में मेरे बछेड़े ने उस लोक में भी प्रवेश किया। अब आकाश सुनहला था, नीचे की जमीन सुनहली थी। सुनहली चिड़ियाँ उड़ रही थीं, सुनहले पशु चर रहे थे। वृक्षों की सुनहली पत्तियाँ चमचमा रही थीं, सुनहले फूलों पर सुनहले भौंरे सुनहले गान गा

रहे थे। सबुज-लोक से यहाँ एक विशेषता यह थी कि यहाँ का वायुमंडल संगीत से भरा था। एक अनहद गान प्राणों को विभोर बना रहा था।

मेरा बछेड़ा खड़ा हो गया। शायद वह थक गया था। मैं भी उसपर से उतर गया!

उतरते ही कानों में रोने की आवाज आई। अरे इस संगीत-पुरी में यह रुदन कैसा! मैंने उस ओर ताका। ऐं, यह कौन? यह—यह तो पिअरिया है! पिअरिया—पियारी—प्यारी! एक राक्षस—भयानक राक्षस—उसे पकड़कर अपने घोड़े पर चढ़ाना चाहता है, और वह उसके पंजे से निकलना चाहती है। इतने में ही उसकी नजर मेरी ओर पड़ी—'मनोहर भैया, मनोहर भैया' कहकर वह चीख पड़ी! मैं उस ओर दौड़ा। मुझे दौड़ते देख, वह राक्षस मेरी ओर घूरकर ठठा पड़ा—उसकी हँसी आकाश से टकरा-टकराकर बार-बार गुंजित होने लगी। मेरी गति सहसा रुक गई; मालूम हुआ, जैसे मेरे पैर में सौ मन का पत्थर बँधा हो। मैं परवश होकर छटपटाने लगा। मुझे छटपटाते देख वह मुसकराने लगा और पिअरिया को जबरदस्ती अपनी ओर खींचकर उस—उस—उस दुष्ट राक्षस ने—चू···चू···चूम लिया! आवेश से मेरी आँखें लाल हो गईं। जोर से मैंने पैरों में झटका दिया—जैसे बंधन खुल गए। मैं दौड़ा। मुझे दौड़ते देख पिअरिया को पकड़कर उसने घोड़े पर बिठा लिया और जोर से घोड़े को चाबुक लगाई। घोड़ा उड़ा—साँय-साँय। पिअरिया हाहाकार करने लगी—मेरी ओर देख-देखकर, मेरा नाम पुकार-पुकारकर हाहाकार करने लगी! मैं तो सन्न रह गया। अपने बछेड़े की ओर दौड़ा। किंतु वहाँ

बछेड़ा था कहाँ—न जाने कहाँ चल दिया था! पागल-सा राक्षस के घोड़े की परछाहीं के साथ मैं दौड़ने लगा। दौड़ता जाता था और चिल्लाता जाता था—पिअरिया, पिअरिया···, पियारी··· प्यारी···

'मनोहर भैया, मनोहर भैया'—कहती पिअरिया मुझे झकझोरकर जगा रही है, जागकर मैंने देखा। 'क्या सपना देख रहे थे, भैया?' उसने हँसते हुए पूछा। 'क्या बरबरा रहे थे, बताओ न!' फिर मुसकराते हुए उसने सवाल किया! मैं क्या जवाब देता? हक्का-बक्का उसकी ओर देख रहा था! मैं कहाँ हूँ, वह राक्षस क्या हुआ, पिअरिया यहाँ कहाँ—आदि प्रश्न मेरे सिर में चक्कर काट रहे थे। इतने ही में, भावावेश में आकर, पिअरिया-पिअरिया चिल्लाते मैंने उसको खींचकर छाती से लगा लिया! उसकी छाती मेरी छाती में सटी थी, उसकी धड़कन मेरी धड़कन से मिल रही थी। उसके अधर मेरे अधरों से सटे थे—उसकी साँस मेरी साँस में समा रही थी। कहाँ है वह राक्षस; आवे, अब उसको देखूँ···

□

इस स्वप्न को लेकर पीछे हम दोनों में खूब दिल्लगियाँ होतीं। पिअरिया ने बतलाया कि किस प्रकार भोजन के बाद जब आई, तो उसने मुझे अपने मचान पर सोया देखा। वह चुपचाप मेरे पैताने बैठ गई। सोते-सोते मैं दो-एक बार चौंका और उसके बाद बरबराने लगा। मेरा समूचा शरीर पसीने-पसीने हो गया था, साँस अस्वाभाविक रूप से चलने लगी थी। इस बरबराहट में भी स्पष्ट मालूम होता था कि मैं पिअरिया का ही नाम ले रहा हूँ। पहले तो वह इस बरबराहट का आनंद लेती रही; किंतु पीछे

जब मैं जोरों से काँपने लगा, तो उसने झकझोरकर उठा दिया।

खैर, जो कुछ हो, इस स्वप्न के चलते हम लोगों का शरीर भी एक हो चला। भावावेश के उस मिलन ने स्थायी मिलन का द्वार खोल दिया। अब उसके निकट बैठने में मुझे झिझक नहीं होती, औचक आकर मेरी आँखें मूँदने में उसे संकोच नहीं होता। उधर खेतों में रिमझिम बूँदें गिरतीं, इधर हमारे हृदय में प्रेम के निर्झर झरते। आकाश में इंद्रधनुष उगते। एक क्षण के लिए—हमारा हृदयाकाश इंद्रधनुष का स्थायी आवास हो गया था। बादल और बिजली की लुका-छिपी कभी-कभी दीख पड़ती, यहाँ दिन-रात इसी की पुनरावृत्तियाँ होतीं।

किंतु…

किंतु अपने आनंदातिरेक में हम संसार को भले ही भूल जाएँ, संसार हमें क्यों भूलने लगा! उसे न हमारा दुःख पसंद है, न सुख। दुःख में कोसेगा, सुख में झुँझलाएगा। दुःख में सांत्वना देने के बदले कहेगा—बदमाश कहीं के, अब किए का फल भोग; बहुत इठलाए फिरता था। सुख में ईर्ष्या से जलकर चिल्ला उठेगा—साले, मौज कर लो, जब समय पड़ेगा तो रोओगे—वह दिन नजदीक ही है। और, केवल कहकर ही संतुष्ट नहीं होगा, उस दिन को नजदीक लाने में कुछ उठा भी नहीं रखेगा। यही संसार है।

६
संसार की नजर

इस संसार की नजर हमपर पड़ी। या शायद संसार की नजरों को हमने ही अपनी ओर खींचा।

पहले कुछ दिनों तक कानाफूसी रही; फिर जहाँ-तहाँ आवाजें कसी जाने लगीं। हम भी अब इन हलचलों से नावाकिफ नहीं रहे। हमने देखा कि कुछ लोग दिन-रात हमारी हर हरकत को गौर से देखने में ही अपने अमूल्य समय का सदुपयोग कर रहे हैं। औरतों में एक खास हलचल थी। हमारे देश की स्त्रियाँ! इनका काम ही क्या है! दिन-भर घर में बैठे-बैठे आटा गीला करना या हर लड़की या लड़के के चरित्र की नुक्ताचीनी करना! जरा कहीं किसी बात की चर्चा हुई कि भनक मिलते ही ये ले उड़ीं—कुछ ही क्षण में घर-घर की नई वधुएँ तक उस समाचार से पूर्ण अवगत हो गईं। बूढ़ी स्त्रियाँ ग्राम-गजट का काम करती हैं—लड़कियाँ उनके लिए 'खास संवाददाता' होती हैं। इस न्यूज-एजेंसी से किसी समाचार का छिपा रहना असंभव है।

मैंने पिअरिया से इसकी चर्चा की। मेरी बातें सुनकर गंभीर या चिंतित होने के स्थान में वह हँस पड़ी। बोली—'तो आप क्या चाहते हैं? हम लोग उनकी आँखों में उँगली घुसेड़कर यह सब किया करें, और वे बेचारे कहने-सुनने से भी गए!' मैंने कहा—'हँसी में मत उड़ाओ—कहीं यह उग्र रूप न धारण करे, बड़ी मुश्किल होगी!' और, सच बात तो यह है कि मुझे कुछ डर-सा लगने लगा था—अपने लिए नहीं, पिअरिया के लिए। हमारा-आपका समाज पुरुषों के लिए काफी उदार है। आप

सात घाट नापें, माफ किया जा सकता है; किंतु औरतों का पैर जहाँ जरा-सा नीचा हुआ कि उनकी जिंदगी खराब। प्रेमोन्माद में—पहले झोंके में—मैंने इसपर इतना खयाल नहीं किया था; किंतु इधर अब गौर करने से अपने को बचा नहीं सकता था। किंतु मेरा गौर करना सब व्यर्थ था। मैं जिसके लिए चिंतित था, डरता था, वह तो निश्‍चितता और निडरता की मूर्ति बनी बैठी थी। हाँ, ठीक मूर्ति की तरह—सब तरह की मानसिक झंझटों से परे! मेरी उपर्युक्त बातें सुनकर वह कह उठती—'मुश्किल होगी; क्या मुश्किल होगी, मनोहर भैया? तुम भी बात को बतंगड़ बनाते हो।' और, इतना कह, वह दूसरा प्रसंग छेड़कर मुझे बहलाने लगती!

एक दिन शाम को मैं, कुछ मुँह-अँधारी हो जाने पर, घर की ओर जा रहा था। बगल में डंडा था, हाथ में सुर्ती। मौज में एक बिरहा टेरे हुए था। उसी तालाबवाली सड़क से जा रहा था। सड़क के पश्‍चिम खेतों में मकई आदि फसल उपजी हुई थी, पूरब के बगीचों में आम का पहला ज्वार खतम हो चला था, दूसरा दौर था—यानी बंबई, किसुनभोग, दलिमा आदि झड़-से रहे थे; किंतु मालदह, सिपिया, हैदरबखश आदि का जमाना तुरंत शुरू हुआ था। अतः वहाँ की चहल-पहल में कमी नहीं थी।

मैं, यों, गाते हुए जा रहा था कि पश्‍चिम ओर के मचान से 'मनोहर भैया', यह आवाज आई। मैं पहचान गया कि किसकी बोली है। वह मोहन था। 'ठहरिए, मैं आता हूँ, एक काम है'—उसने फिर कहा। 'ठहरा हूँ'—कहकर मैं वहीं खड़ा हो गया। दो-तीन मिनट में ही वह मेरे निकट था।

निकट आकर पहले उसने इधर-उधर देखा। फिर संजीदा-सा होकर बोला—'भैया, आपसे बहुत बातें करनी हैं। मैं मौका ही ढूँढ़ रहा था, अच्छे आए।' उसकी आज की बात में वह चुलबुलाहट नहीं थी, जिसके लिए वह प्रसिद्ध था। मैंने भाँप लिया कि निश्चय ही वह कोई गंभीर बात सुनाएगा।

एकांत में मुझे घसीटकर ले गया और अपना पोथा सुनाना प्रारंभ किया। किस प्रकार पिअरिया को लेकर गाँव में एक हलचल फैली है, किस तरह गाँव का हर बच्चा हमें संदेह की दृष्टि से देखता है; आदि-आदि बातों का वर्णन कर इस प्रसंग की खास बात पर उतरा। किस प्रकार अमुक इस बात की चर्चा कर रहा था; किस तरह अमुक ने उस दिन पिअरिया के बाप से इसकी चर्चा की थी, किस तरह पिअरिया का वह चचेरा भाई, जो खुद ही पिअरिया पर मरता है, अब उसके बाप को उभाड़कर कोई कांड करने पर तुला है, आदि बातें उसने ब्योरेवार सुनाईं। यही नहीं, किस प्रकार पिअरिया से उसकी माँ द्वारा कहलवाया गया है कि मुझसे बातचीत न करे; यही नहीं, संभवतः वह कल से अब खेतों पर भी नहीं आ सकेगी। यह सब कहकर अंत में कहा—'मनोहर भैया, आप इस प्रपंच से अपने को हटाइए। एक तो आपकी शिकायत होती है, जो मुझसे सुनी नहीं जाती; दूसरे, कुछ आपके दोस्त हैं, जो इस मौके से लाभ उठाकर आपको नेस्त-नाबूद करने पर तुले हैं। आपके कुछ ऐसे दोस्त हैं, जो अखाड़े में आपसे पटकाते हैं, किंतु इस हार को वे अपने हृदय में पोसे हुए हैं और उसका बदला इस कांड के द्वारा चुकाना चाहते हैं। यों ही बहुत-से लोग हैं, जिनसे गाँव में रहने के कारण कभी-न-कभी सख्त-सुस्त हो ही जाती हैं, वे लोग भी मौका ढूँढ़

रहे हैं। यही नहीं, पिअरिया पर भी बहुत-से लोग नजर लगाए हुए हैं, और इनमें अधिकांश आपके दोस्त हैं; वे लोग यह देखकर कि वह आप पर मरती और उन्हें अँगूठा दिखाती है, जल-भुन रहे हैं और अपनी जलन निकालने के लिए, जो कुछ भी संभव हो, करने को तैयार हैं। आप सीधे हैं—जिस प्रकार आपका शरीर सुडौल है, उसी प्रकार आपका हृदय भी; दुनिया के हृदय की पेचीदगी का—कुटिलता का—आप अनुमान भी नहीं कर सकते।' कहते-कहते आखिर मोहन ने मेरे पैर पकड़ लिये और गिड़गिड़ाकर बोला—'मनोहर भैया, मनोहर भैया, मैं आपके पैर पड़ता हूँ; भैया, इस प्रपंच से आप अपने को हटाइए। पिअरिया आपको चाहती है, मानता हूँ; पिअरिया आपपर मरती है, जानता हूँ; किंतु, पिअरिया का प्रेम यदि सच्चा है तो उसके लिए भी यह वांछनीय है कि आप सकुशल रहें, आपका बाल भी बाँका न हो। किंतु मैं सच कहता हूँ, यदि आपने मेरी विनती पर विचार नहीं किया, तो दो-चार दिन में ही कोई कांड होने वाला है। कुछ लोग इस कांड के करने पर तुले हुए हैं, अब इसको रोक सकते हैं तो आप ही। भैया, आपको मेरी कसम, आपकी पिअरिया की कसम, कम-से-कम दस दिनों के लिए आप उसके साथ का बोलना-चालना बंद कर दीजिए। आँधी टल जाने दीजिए, फिर देखा जाएगा। भैया-भैया…!' मैंने शाम के उस झुटपुटे में भी अनुभव किया कि उसकी आँखों में आँसू छलछला आए हैं, गला तो रुँध रहा था ही। मैं बड़े पशोपेश में पड़ा। वह जोर से मेरे पैरों को पकड़े था। उसके शुद्ध अंतःकरण के इन मार्मिक उद्‌गारों का मैं तिरस्कार नहीं कर सकता था। अपने बचाव की ओर मेरा ध्यान नहीं था; बचपन से ही मैं अपनी ओर

से उदासीन रहता आया हूँ, अपने जीने-मरने के प्रश्न पर गौर करने का अभ्यास ही मुझमें नहीं है; किंतु एक विशुद्ध हृदय से निकली, विशुद्ध भावना से ओत-प्रोत इस कातर प्रार्थना को मैं नहीं ठुकरा सका। दिल को बड़े जोर से दाबकर मैंने कहा—हाँ, जरा इस बात को हलकी बनाने के लिए, मैंने हँसते हुए कहा—'अच्छा, मैं सोचूँगा। मोहन, इतना खिन्न क्यों होते हो; मैं तुमसे अलग थोड़े हूँ; जो कहोगे, करूँगा'—और उसके हाथों को अपने पैरों से छुड़ाकर, उसको पकड़े हुए खड़ा हो गया और उसे छाती से लगा लिया। फिर उसी के साथ इधर-उधर की गप्प उड़ाता पोखरे पर आया। वहाँ हाथ-मुँह धो, जरा स्वस्थता अनुभव करते हुए, घर पहुँचा।

रात में खा-पीकर जब सोने गया, तब माँ ने भी, बड़ी ही दबी जबान से, इसकी चर्चा छेड़ दी। इधर माँ मुझसे बहुत कम बोलतीं। मैं इस चुप्पी का कारण जानता था! यथार्थ बात तो यह है कि वह बहुत दिनों से कहना चाहती थीं, किंतु संकोच उनकी जबान पकड़े था। अतः साधारण बातचीत भी बंद थी। आज जैसे बाँध टूट गया।

वह बोलीं—

'यह क्या सुनती हूँ, मुन्नू!'

'क्या सुनती हो?'

'सुना है, पिअरिया के बाबूजी आज किसी से कह रहे थे कि मैं बिना जेल खटवाए नहीं छोड़ूँगा। मेरा मुन्नू, तू तो ऐसा नहीं था! यह कैसी फसाद खड़ी कर ली तूने?'

मैंने हँसकर कहा—

'फसाद कैसी, मैया? जेल चोर जाते हैं, डाकू जाते हैं। मैं

क्यों जेल खटूँगा, मैया!'

'हँसी में मत उड़ा, मुन्नू! दैया कह रही थीं, तू सचमुच फँस गया है। बेटा, मुझ अनाथिनी को अनाथ मत बना। तेरा ही मुँह देखकर मैंने अपनी भरी जवानी काट डाली; अब बुढ़ापे में तू मुझे रुला-रुलाकर मारना चाहता है?'

घर में अंडी के तेल का दीया जल रहा था। उसके स्वच्छ प्रकाश में मैंने देखा, उनकी आँखें मोती उगल रही हैं। मैं सन्न हो गया। मैं क्या बोलता, वही बोलती रहीं–

'पिअरिया!–पिअरिया!–मैं तो उसे देवी समझती थी। वह डायन है, यह मैं क्या जानती थी! क्या मेरे बेटे की सेवा उसने इसीलिए की थी? मैं अकेली अपने मुन्नू को अच्छा कर लेती। यदि उसका यह डायनपन जानती, तो उस कलमुँही को अपने आँगन में घुसने भी न देती! बाप रे!'

अब मुझसे नहीं रहा गया। मैं बीच ही में बोल उठा–

'मैया, तू क्या फिजूल बक रही है? लोगों ने अंट-संट कह डाला है तुझसे! चुप रह–लोगों को बकने दे–'

'यह अंट-संट है? तो, दैया झूठी हैं? उसका चचेरा भाई जो आज मुझे सुनाकर कह रहा था 'साले का सिर तोड़ दूँगा' यह भी झूठा है? तू मुझे ठगना चाहता है? मुन्नू, मैंने तुझसे ऐसी उम्मीद नहीं की थी–तू मुझे ठगना चाहता है...'

माँ कुछ उत्तेजित हो चली थीं। इसी उत्तेजना में उनकी आँखों की मोती-माला भी सघन हो रही थी! उनके गाल भीग गए थे, अंचल तर हो रहा था। मेरी 'काटो तो खून नहीं' वाली हालत थी। मैं क्या कहूँ? कैसे उन्हें समझाऊँ? कुछ समझ में नहीं आता। सिर भारी हो रहा था। तब, जैसे कि मेरा बोझ

हलका करने के लिए ही, वह स्वयं बोल उठीं–

'अच्छा, जो हुआ, सो हुआ। आज तुझे मेरी देह छूकर शपथ खानी पड़ेगी। शपथ खानी होगी कि तू अब पिअरिया से न बोलेगा, न उसकी परछाहीं छूएगा? ले मेरा हांथ, शपथ खाता है या नहीं···?'

मैं तो विचित्र पशोपेश में पड़ गया। हाँ-ना के द्वंद्व के लिए भी गुंजाइश नहीं छोड़ी गई थी। माँ रो रही थीं–उनकी आँखों से अजस्र अश्रुधारा जारी थी। इन आँसुओं की बाढ़ में मुझे दुनिया भूल गई। आगा-पीछा बिना सोचे ही मैंने उनके अनुरोध को मान लिया–'अब से मैं पिअरिया से नहीं बोलूँगा, उसकी छाया भी नहीं छूऊँगा!'

मेरा यह आश्वासन पा माँ सो गईं। किंतु मैं?

७

आँखों में नींद कहाँ!

मेरी आँखों में नींद कहाँ? विचारों की बाढ़-सी आ गई थी–न कोई शृंखला थी, न सीमा। हाँ, एक केंद्र अवश्य ही था। वह केंद्र थी पिअरिया। आज मालूम हुआ कि पिअरिया मेरे लिए क्या है! उसका छोड़ना मेरे लिए कितना दुष्कर है? उसकी मूर्ति हजारों रूप धरके मेरी आँखों के सामने नाच रही थी। उसका हर अंग, अंगों की एक-एक हलचल, अपनी मोहकता का जादू मुझपर फेंक रही थी। कितनी सुंदर है पिअरिया; क्या ऐसा सौंदर्य प्राप्त कर छोड़ने के लिए होता है?

और, क्या चाहकर भी मैं उसे छोड़ सकता था? माना, मैंने माँ के निकट आज प्रतिज्ञा की है, शपथ खाई है; किंतु यह प्रतिज्ञा, यह शपथ कब तक के लिए? ज्यादा-से-ज्यादा यही हो सकता है न, कि मैं उससे न बोलूँ; किंतु जब वह हँसती-हँसती आएगी और भौंहों को जरा कुंचित कर कुछ पूछ बैठेगी, तब? तब क्या मुझसे चुप रहा जाएगा? और, मुझे चुप रहने के लिए वह छोड़ेगी भी? अभी उस दिन मैं, यों ही, जरा रूठ गया था; बोलना बंद कर दिया था। क्या हुआ? दो-एक बार कुछ पूछा, उत्तर न पाकर पहले जरा, कुछ क्षणों के लिए, चिंतित-सी हो गई। किंतु वह हार माननेवाली थी? दौड़कर मेरे निकट आई और गुदगुदी लगाकर मुझे हँसा ही दिया; बोला ही दिया। मैं उसकी छाया भी न छूना चाहूँ, किंतु जो स्वयं छाया बन गई है, उससे अपने को अलग कैसे रखा जाएगा? जिस समय पीछे से, औचक आकर, मेरी आँखें मूँद लेगी, तब? तब मैं क्या करूँगा?

लेकिन, माँ! माँ ने मुझसे प्रतिज्ञा जो करा ली है! क्या मैं माँ के साथ विश्वासघात करूँगा? माँ के साथ! और, माँ भी कैसी? मेरी जाति में पुनः विवाह की प्रथा प्रचलित है। मेरे पिताजी जिस समय मरे थे, माँ भरी-जवानी में थी। कोई दूसरी स्त्री होती तो किसी युवक का पुनः पाणिग्रहण कर अपना शेष जीवन आनंद और उल्लास में बिताती। माँ मेरी काफी रूपवती थीं। कोई भी युवक उनका हाथ धरने में अपने को सौभाग्यशाली समझता। किंतु माँ ने अपने जीवन की सारी साधों और इच्छाओं को एक बार ही समाधिस्थ कर दिया! क्यों, किसके चलते? मेरे ही लिए तो! मुझी को देखकर तो! गाँव के लोग कहते—'सती निकली है! देखते हैं, यह सतीपन कब तक निभता है? सर-सोलकन होकर

बाबू-भैया की स्त्रियों की नकल? अच्छा, जब पाँव भारी होंगे, तब हाय-तोबा मचेगा!' किंतु यह हाय-तोबा नहीं मचा। मेरी माँ ने शत-शत प्रलोभनों और प्रताड़नाओं के बीच रहकर भी अपनी टेक निभाई। टेक निभाई किसको देखकर, किसके चलते? क्या मैं अपनी उस माँ के साथ विश्वासघात करूँगा? माँ के साथ···?

किंतु एक बात तो है। क्या माँ के लिए यह उचित था? जब तक मैं अबोध था, तभी तक माँ के पथ-प्रदर्शन की आवश्यकता थी। अब तो मैं सयाना हो चला हूँ, अपने भविष्य, अपनी दीन-दुनिया, के बारे में सोचने-विचारने की अकल मुझमें आ गई है। फिर माँ मेरे रास्ते में क्यों पड़ती हैं? उन्हें उचित है कि मुझे छोड़ दें। उनका कर्तव्य वहीं पूरा हो गया, जब कि मैं जवान हो गया। अब तो वह अपने दायरे से बाहर पैर रखती हैं—अपने कर्तव्य-क्षेत्र का अतिक्रमण करती हैं। वह बूढ़ी हुईं—पका आम। कब टपक पड़ें, कौन जाने। समूचा जीवन तो मुझे अकेले ही ढोना पड़ेगा। इस दृष्टि से भी उचित है कि वह मुझे अपने निर्णय के बारे में स्वतंत्र छोड़ दें। नहीं, वह अब मुझपर अत्याचार कर रही हैं—निस्संदेह यह अत्याचार है। अपने अधिकार का यह दुरुपयोग है। यदि वह अपने अधिकार का दुरुपयोग कर रही हैं, तो मेरा भी कर्तव्य है कि अपने अधिकार की रक्षा करूँ। चाहे माँ हो या बाप—किसी का भी अत्याचार सहना अत्याचार को प्रोत्साहन देना है। यह समाज के लिए भी खतरनाक है। नहीं, मैं इस शपथ से बाध्य नहीं हूँ! हो गया; उनकी दिल-जमई हो गई। किंतु फिर भी तो यह विश्वासघात होगा! तो क्यों न जगाकर कह दूँ कि मैया, इस बारे

में मैं तुम्हारी सलाह मान नहीं सकता! ठीक तो, जरूरत के वक्त में ढीले-ढाले ढंग से सोचना खतरनाक है। हमारा काम साफ होना चाहिए; नैतिक साहस का भी यही तकाजा है! अच्छा, तो उठाऊँ? किंतु…

मेरे इस कथन का मैया पर क्या प्रभाव पड़ेगा, यह सोचते ही मैं थर्रा उठा। क्या वह जीवित भी रहेंगी? इतना बड़ा सदमा किसी को भी मारने के लिए काफी है। और, आखिर उनका उद्देश्य भी तो बुरा नहीं है। वह चिंतित हैं, तो मेरे लिए। मेरी ही मंगल-कामना की भावना ने उन्हें यह अत्याचार—यदि यह अत्याचार भी हो—करने के लिए बाध्य किया है। वह समाज से डर रही हैं…

समाज? ठीक; सारी फसाद की जड़ तो यह समाज ही है। और, समाज भी कैसा? यह समाज बुजदिल है; प्रभुता-परस्त है। यह गरीबों को, कमजोरों को सताता है; धनिकों का, बलवानों का तलुवा सहलाता है। वह—वह मेरे गाँव का मालिक सबकी आँखों में अँगूठा घुसेड़कर, उस चमाइन से 'नेह का नाता' जोड़े हुए है। सब लोग जानते हैं, गाँव का बच्चा-बच्चा इसको जानता है; खुलेआम वह उससे हँस-हँसकर बतियाता है, दिन-दहाड़े उसके घर में घुसता है। यही नहीं, उसका बंगला उस चमाइन का केलि-भवन बना हुआ है। किंतु कोई माँ का लाल नहीं है जो उसकी ओर अँगुली उठाए, उसकी चर्चा भी करे। कहाँ है समाज? देखे न उसकी इस व्यभिचार-लीला को! वह क्यों देखने चले! वह तो धनियों का गुलाम है, लक्ष्मी का पूजक है। यों ही, उस जमींदार की विधवा पुतोहू की बात लीजिए। वह अपने नौकर से उलझी हुई है। इस बात को उसका

ससुर जानता है, भैंसुर जानता है; सास जानती है, ननद जानती है। किंतु कोई भी चूँ नहीं करता। समूचे समाज के सिर पर पैर रखकर वह तांडव-नृत्य कर रही है; किंतु किसी की जबान से 'उहूँ' भी नहीं निकलता। क्यों निकले? यह तो प्रभुता-परस्त है, शक्ति की पूजा करना इसका काम है। कहाँ तक गिनाया जाए, समूचे गाँव में दुराचार और अनाचार का बोलबाला है। ये धनियों के लौंडे गाँव के किसी गरीब की लड़की के सतीत्व को अछूता नहीं छोड़ते—बुलकी और झूमक गढ़ा-गढ़ाकर, रुपए और नोट थमा-थमाकर, उनकी गरीबी से फायदा उठाकर, उन्हें बरबाद करते हैं। ये बेचारी हाड़-मांस की जीव ठहरीं—इच्छा और साध इनमें भी है, अपने शरीर को जरा सजाकर रखने का, जवानी का तकाजा, इनमें भी होता है। किंतु इनके गरीब माँ-बाप, पति और ससुर इनकी इन इच्छाओं और साधों को पूरी नहीं कर सकते; फलतः ये इन लोगों के, इन बदमाश छोकड़ों के, पंजे में फँस जाती हैं! इनके फँसाने में ये छोकड़े बंशी का काम करते हैं और इनके घर की स्त्रियाँ चारे का। इन स्त्रियों को नाना तरह के आभूषणों से, कपड़ों से सुसज्जित देखकर इनके मन में वासना का उदय होता है। जब ये देखती हैं, इनसे रूप-गुण में जो हीन हैं, जो इनके निकट बंदरी-सी हैं, वे भी झमककर चलती हैं; तो ये भी अपनी एकमात्र बेचने लायक चीज—वह चीज जिसकी कीमत तुरंत और ज्यादा मिल सकती है—को बेच डालती हैं। बेच डालती हैं अपने सतीत्व को, स्वर्गीय सौंदर्य को—इसलिए कि जरा ये भी झमककर चलें, ठुमककर बोलें। गाँव-भर में इस प्रकार की खरीद-बिक्री का बाजार गरम है; किंतु समाज नहीं बोलता,

जबान नहीं हिलाता। पर, जब किसी गरीब के लड़के का दिल किसी गरीब लड़की से लगता है, तो हाय-तोबा मच जाता है। किसलिए? इसलिए न कि धनियों के लाड़ले इन लड़कियों पर अपना एकाधिपत्य समझते हैं, फलतः एकाधिपत्य में जरा भी विघ्न पड़ता देख प्राणपण से उसके बचाने की कोशिश करते हैं। किंतु, इस एकाधिपत्य के दिन लद गए; मैं बतला दूँगा! ··· मैं पिअरिया को चाहता हूँ, पिअरिया मुझे चाहती है। हमारी इस चाह में सोने-चाँदी की महिमा नहीं है, किसी प्रकार की लालच या धोखेबाजी नहीं है। यह तो शुद्ध हृदय की पुकार है—स्पष्ट पुकार है। फिर समाज हमारे बीच में क्यों टाँग अड़ाने आता है? अड़ाएगा तो मैं उसकी टाँग तोड़ दूँगा—हाँ!

यों ही न जाने क्या-क्या सोचता रहा। सोचते-सोचते चित्त उद्विग्न हो उठा। अब बिछावन पर लेटना मुश्किल हो रहा था। माँ खर्राटे ले रही थीं। मैं चुपके से उठा—लोटा ले लिया, जिससे कोई पूछे तो दिशा-जंगल का बहाना कर दूँ। आँगन में आया। अष्टमी का चाँद अपना आधा रास्ता तय कर चुका था। बादल और उसमें आँख-मिचौनी हो रही थी। इसी तरह पिअरिया और मुझमें कितनी दफा आँख-मिचौनी हो चुकी है! पिअरिया! फिर पिअरिया की याद; क्या पिअरिया मुझे पागल बनाकर छोड़ेगी?

रास्ता पकड़े पोखरे पर आया। सारा संसार निस्तब्ध था। चारों ओर चाँदनी का धवल प्रकाश फैल रहा था। मालूम होता था, मानो दूध के समुद्र में दुनिया स्नान कर रही हो। पोखरे के पश्चिम किनारे के ऊँचे टीले पर मैं बैठ गया। पास के पीपल के पेड़ पर कचबचिया बोल उठी—जिससे मालूम हुआ, रात अब

एक पहर से ज्यादा नहीं है। अष्टमी के चाँद का उठान भी यही पता दे रहा था। रह-रहकर शरीर को स्पर्श करनेवाले पूरबी हवा के ठंडे झोंके भी यही आभास दे रहे थे।

मैं पूरब रुख बैठा था। पूरब क्षितिज की आधी मंजिल तय किए हुए आधा चाँद मंद-मंद मुसकराता-सा मालूम पड़ता था। उसकी ज्योत्स्ना सीधे मेरे मस्तक पर टकराती थी। एक चाँद तो आकाश में बादलों से आँख-मिचौनी कर रहा था, दूसरा पोखरे के जल में, उसकी तरंगों से, लुका-छिपी खेल रहा था। हवा शांत होते ही वह जल-तल में अचल समाधि लगाए योगी का स्वाँग बनाना ही चाहता था कि जरा-सा खटका पाते ही तरंगें उसे झकझोर डालती थीं। वह खिलखिला पड़ता था—इतना कि थर-थर काँपने लगता था; काँपता और हँसता भी! उसकी हँसी से टकराकर जल की एक-एक बूँद चमचमा उठती थी। समूचा तालाब चमचम करने लगता था।

इस दृश्य ने मेरे मस्तिष्क को कुछ एकाग्र किया। हवा के ठंडे झोंके मानो दवा का काम कर गए—अँगड़ाई और जम्हाई साथ-साथ आई। आँखें झिपने के लिए अनुरोध करने लगीं। मैं वहीं लुढ़क गया, मालूम नहीं! जब जगा, तो कान में 'राम-राम, राधाकृष्ण-राधाकृष्ण' के उच्च शब्द सुन पड़े। शायद इन्हीं शब्दों के चलते मेरी नींद भी उचट गई थी। मुझे मालूम हो गया, मेरे गाँव का वह अध-प्रगला प्रातःस्नान करने आया है। मैं झटपट उठा, लोटा उठाया और तेज कदम से घर चला। रास्ते-भर सोचता जाता था कि कहीं माँ की नींद टूट गई हो; तब बड़ा अनर्थ हो गया होगा! मुझे न पाकर न मालूम क्या-क्या कल्पना उसने कर ली हो और न जाने किस हालत में हो। किंतु

यहाँ माँ को सोया पाया। माँ यों तो बहुत सवेरे उठ जाती थीं, पर, न जाने किस सबब से, वह आज अभी तक सोई हुई थीं। हो सकता है, इधर कुछ दिनों से, इन हलचलों के कारण, उन्हें रात में अच्छी नींद नहीं आई हो और आज मेरी प्रतिज्ञा पर विश्वास कर वह निश्‍चितता की नींद ले रही हों।

८

ठनकर रही

आज मैं अपने उस खेत की ओर नहीं गया। मातृ-प्रेम की आप इसे विजय कह सकते हैं। मित्र के अनुरोध की रक्षा भी हो गई—शाम को मैं उस लौंडे से भी प्रतिज्ञा कर चुका था न! किंतु, जब मैं यह कहूँ कि पिअरिया के प्रेम के कारण ही मैं उस ओर नहीं गया और इसमें यथार्थ विजय पिअरिया की थी, तो शायद इस बात को मान लेने में आप हिचकिचाएँगे। अपने ऊपर आई मुसीबत को तो मैं जैसे-तैसे झेल लूँगा, मैं मर्द ठहरा; किंतु यदि कोई घटना घटी तो पिअरिया की क्या दशा होगी, इसकी कल्पना ने मुझे विचलित कर दिया था! अच्छी बात हो कि आँधी को टल जाने दिया जाए।

उसी शाम को मोहन से मालूम हुआ कि आज पिअरिया भी खेत पर नहीं गई थी। किंतु उसके नहीं जाने का कारण कुछ दूसरा ही था। यथार्थतः उसे जाने से मना कर दिया गया था। पिता ने कहा था—'अगर खेत की ओर गई तो पैर तोड़ डालूँगा।' और, उसके उस चचेरे भाई ने उसके सुर-में-सुर मिलाते हुए

उसमें इतना और जोड़ दिया था—'और, उस साले का भी सिर तोड़ दिया जाएगा!'

मुझे इस व्यक्ति के ऊपर बड़ी हँसी आती थी। यह खुद परले सिरे का कामुक था—व्यभिचार-परायण। यह पिअरिया पर भी बुरी निगाह रखता था। एक दिन तो इसने घृणित प्रस्ताव तक उससे किया था, जैसा कि मुझसे पिअरिया ने ही दबी जबान इशारतन कहा था। फिर भी यह पिअरिया के पिता के नजदीक शुर्खरू बना हुआ था और अपने को पिअरिया के धर्मरक्षक के रूप में साबित करता था। ओह! कैसे-कैसे मक्कार हमारे समाज में पड़े हुए हैं!

खैर, यह जानकर मुझे प्रसन्नता ही हुई कि पिअरिया ने खेत पर जाना बंद कर दिया है। मैंने निश्चितता का अनुभव किया और दूसरे दिन उस ओर, अपने खेत में, गया। दूसरे दिन, तीसरे दिन और चौथे दिन भी। इन चार दिनों में पिअरिया के दर्शन भी नहीं हुए। यह कहने में तो बड़ा सरल है कि पिअरिया के दर्शन भी नहीं हुए; किंतु इस अदर्शन का क्या अर्थ था, मैं ही जानता हूँ। संसार मेरे लिए सूना था—निरानंद, निर्जीव, निस्पंद। वे ही चारों ओर हरे-भरे खेत थे, जिनमें तोते-तूतियाँ किलोल कर रही थीं; हवा के झोंके से उस हरे समुद्र में वैसी ही नेत्ररंजक तरंग-राशियाँ पैदा होती थीं; आकाश में वैसे ही बादल घिरते, झींसी-फुही होती, इंद्रधनुष उगता; आम की डालियों पर बैठकर पपीहा वैसे ही पुकारता; किंतु इनमें वह आकर्षण नहीं था, आनंद नहीं था—मालूम होता, इनके प्राण उड़ गए हैं, खाली ठठरी पड़ी हुई है! हाँ, इनके प्राण उड़ गए हैं—इनके प्राण किसमें निहित थे? जैसे चारों ओर से ध्वनि होने

लगती—पिअरिया, पियारी, प्यारी!

मैं एक निष्काम योगी-सा घर का काम-धाम किया करता। अब मुझे निष्काम कर्म का रहस्य मालूम पड़ा। निष्काम होने की तह में छिपा है घोर निराशावाद! अपनी सारी आशाओं को ध्वस्तप्राय होते देख दो ही उपाय रह जाते हैं; या तो डोरी पर झूल जाइए, आत्महत्या कर लीजिए; या संसार को क्षणभंगुर समझकर उससे उदासीन हो जाइए और 'निष्काम' कर्म करते जाइए। कोई भी तत्त्वदर्शी कह सकेगा कि पहले का ही दूसरा नाम है वीरता और दूसरे का ही कायरता! किंतु हमारे देश में तो कायरता ही वीरता के नाम से बिकती है।

खैर, यों ही, जैसे-तैसे, ये तीन-चार दिन काट डाले। कभी-कभी आत्महत्या के लिए भी प्रेरणा मिलती; किंतु माँ की असहायावस्था और पिअरिया की प्रेमपरता की याद आते ही उसे बरबस टाल देना पड़ता। अब भी आशा की एक झलक बाकी थी। यह आँधी शीघ्र ही टल जाएगी और हम दोनों पुनः पहले की स्वच्छंदता प्राप्त कर सकेंगे, इसकी एक क्षीण आशा अब भी जीवित थी। मैं उसे पोसे जा रहा था।

एक दिन एक विचार और आया। क्यों न मैं पिअरिया को लेकर यहाँ से चल दूँ? मेरे पास यहाँ संपत्ति ही क्या धरी है—जो इस गाँव के छोड़ने में दिक्कत हो? माँ की बात रही। सो, यदि मैं जोर डालूँ, तो शायद माँ भी पीछे से मेरा साथ देने को तैयार हो जाएँ। किंतु इसमें तो मुझे और भी कायरता दीख पड़ी। कल से गाँव के लोग क्या-क्या कहकर मेरा मखौल उड़ाएँगे, मुझे गालियाँ देंगे। इसकी कल्पना-मात्र से ही मैं काँप उठा। सबसे बढ़कर पिअरिया के उस पाजी चचेरे भाई की याद ने मुझे

विचलित कर दिया। वह कल से किस तरह मूँछ पर ताव देकर चलेगा। वह पापियों का सरताज कल से विजय-छत्र सिर पर दिए चलेगा! यह मैं होने नहीं दूँगा। जो होना होगा, होगा; मैं यहीं रहूँगा। रह-रहकर मन में एक उमंग और उठती। कोई ऐसा मौका मिल जाए, जिसमें उससे मेरी गुत्थमगुत्थी हो, तो छठी के दूध की याद उसे करा दूँ। देह में दम नहीं, मुट्ठी में दाब दूँ तो भुरता हो जाए; किंतु, शेखी बघारता फिरता है।

दूसरे ही दिन ऐसा मौका मिल गया। और, इसी मौके के चलते, आज आपसे यह कहानी सुनाने का मौका भी मिला है।

मैं अपने खेत की आरी पर हँसुए से घास काट रहा था—बड़ी अच्छी घास उग आई थी! घास काटने में मैं तल्लीन-सा था कि पीछे से किसी ने चुपके-चुपके आकर मेरी आँखें मूँद लीं। यह कर-स्पर्श परिचित था! मैं सिहर उठा—शरीर के रोम-रोम जैसे फूल उठे हों! जिसकी आशंका थी, वही हुआ। कहीं बिजली बाँधकर रखी जा सकती है? पिअरिया और बंधन—दोनों दो ध्रुव की चीजें! वह न जाने किस तरह कतरियाकर मेरे निकट पहुँच ही गई।

एक क्षण तक मैं स्तंभित-सा रहा। फिर मनोभावों के तूफान में उड़ चला। शायद जबरदस्ती, खींचकर, मैं उसके कपोलों को चूम रहा था कि कानों में एक कर्कश शब्द सुन पड़ा—'मारो साले को!'

'मारो साले को'—यह कह रहा था पिअरिया का वही पाजी पापी भाई। पिअरिया के पिता भी थे। दो-एक आदमी और भी थे। सबके हाथ में लाठियाँ थीं! मैं स्थिति की भयंकरता ताड़ गया। इधर मैं भी कुछ सावधान-सा रहता था। मेरी लाठी

निकट ही थी—वह तेल से पोसी गई, लाल-ठोस, बाँस-कुमारी! झट हाथ में ले ली और कूदकर चार-पाँच डेग पीछे आकर खड़ा हो गया! मेरे हाथ में लाल लाठी थी, आँखों की अनुरागलालिमा क्रोध की लाली में परिणत हो गई थी। मैंने कहा—'अब चले, पहले तुम्हीं लोग चलाओ।' किंतु मेरी इस रुद्र मूर्ति को देखकर शायद वे लोग स्तंभित रह गए। बीच में पिअरिया सिर गाड़े हुए बैठी थी। देखता क्या हूँ—वह पाजी झपटता हुआ पिअरिया की ओर आ रहा है। लजानी बिल्ली खंभा नोचती है। शायद वह अपनी वीरता अब पिअरिया पर निकालना चाहता था। बात भी यही थी। मैंने ललकारकर कहा—'खबरदार, इसकी देह छूना मत।' वह बोला—'मैं इसे पीटूँगा, तुम्हारा इसमें क्या लगता है? मेरी बहन है, मैं इसे तदारुक दूँगा!' मैंने कहा—'तदारुक का भाई बना है; पाजी, हरामी कहीं का; अलग रह, नहीं तो देख इस दुःख-भंजन को; सिर तोड़ दूँगा!' वह लाल-पीला हो गया। एक बार पिअरिया के पिता और अपने साथियों की ओर देखा, फिर, जैसे उन्हें आगे बढ़ने का निमंत्रण देते हुए लपका और पिअरिया के बाल पकड़कर इस जोर से अपनी ओर खींचा कि वह जमीन पर पट हो रही। किंतु, उसके मुँह से एक चीख भी नहीं निकली! शायद वह लाज से गड़ी जा रही थी! किंतु वह चीखे या नहीं, यह मेरे लिए देखना असंभव था कि मेरे ही सामने, मेरे जीते जी, मेरी ही आँखों के आगे, कोई पिअरिया का ऐसा अपमान करे। मैं बिजली-सा टूटा और उसकी गरदन पकड़कर इस जोर का झटका दिया कि वह मुँह के बल जा गिरा और शायद कुछ देर के लिए बेहोश भी हो गया। उसके साथी अब कैसे चुपके रह सकते थे? उन लोगों ने मुझपर तड़ातड़ लाठियाँ बरसानी शुरू कर दीं।

मैंने भी जवाब देना शुरू किया। किंतु एक विचित्र बात थी कि पिअरिया के पिता अपनी जगह जैसे-के-तैसे खड़े थे। वह इस तरह हक्का-बक्का थे, जैसे पागल हो गए हों। मैं भी उनकी ओर नहीं झुका।

दो-चार हाथ चलने के बाद ही खून की धाराएँ चलने लगीं। मेरे सिर से भी खून टपक रहा था, उन लोगों के भी। पिअरिया पुक्की फाड़कर रोने लगी और दौड़कर पिता के चरणों में लिपट गई। इतने ही में तो कुहराम मच गया। चारों ओर से लोग दौड़ आए। कुछ लोग तो लड़ाई में शामिल हो गए—कुछ लोग मेरी ओर, कुछ प्रतिपक्षियों की ओर। किंतु बहुत से लोग इस मारपीट को शांत करने की चेष्टा में लगे। उन्हीं लोगों के चलते कुछ देर में शांति हुई। मैं तो अब तक बेहोश-सा लाठियाँ भाँज रहा था। जब सुस्त हुआ, तो मालूम हुआ कि एक लाठी की मार से मेरा मस्तक थोड़ा फट-सा गया है, जिससे खून लगातार आ रहा है। उधर भी कई लोग घायल हुए थे--किंतु वह पाजी, पिअरिया का भाई, तो बेहोश था। एक ऐसी लाठी, संभवतः मेरे ही हाथों से, उसे लगी थी कि उसकी खोपड़ी चूर हो गई थी।

इस हो-हल्ला में मोहन भी आ पहुँचा था और इस मारपीट की शांति में बड़ी चेष्टा की थी। वही मुझे लिये-दिए घर आया। मारपीट की चर्चा सुन माँ भी मालिक के घर से दौड़ी-दौड़ी आ गई थीं। वह मेरे शरीर को खून से लथपथ देखकर फफक-फफककर रोने लगीं। रोती थीं और पिअरिया का नाम ले-लेकर गालियाँ भी बकती जाती थीं। मुझे बहुत बुरा मालूम हो रहा था, किंतु उन्हें मना भी क्या कहकर किया जा सकता था? एक तो मस्तक की पीड़ा, दूसरी यह कलेजे की

पीड़ा! खून पीकर दोनों को सह रहा था। मेरे चुलबुले दोस्त ने खून धो दिया; माँ बक-झककर दवा-दारू पर उतारू हुईं। जिसने जो बताया, लेपने लगीं। शरीर पर भी कई लाठियाँ लगी थीं। अतः पीड़ा अत्यधिक थी। पीड़ा कम हो जाए और नींद आ जाए, इसके लिए मुझे खूब भंग पिला दी गई। भंग छान, थोड़ा गरम दूध पी, मैं सो गया।

उस दिन माँ ने कितना प्रेम प्रदर्शित किया था। पहले तो बहुत बकी-झकी थीं, किंतु पीछे कितनी गंभीर बन गई थीं! सब प्रकार की दवा-दारू कर, बहुत ही आग्रह और प्रेम से गरम-गरम थोड़ा दूध पिलाकर, मुझे गोद में सटाकर सो गईं। जरा भी बोलती नहीं थीं, हाँ, वह खूब रो रही थीं, इसका ज्ञान उस भंग के नशे में भी मुझे था।

और, वह सोना उस गोद में, उस कुटिया में, उस गाँव में, नहीं, उस दुनिया में मेरा अंतिम सोना था! आह रे वह सोना! आह री वह रात!!

क्योंकि, मेरी नींद तब टूटी जब दरवाजे पर किसी ने बड़े जोर से धक्का दिया और जब तक माँ घर का द्वार खोले-खोले, तब तक बाहर से फाटक तोड़कर पुलिस के कई लट्ठधारी जवान मेरे घर में घुस आए और मुझे गिरफ्तार कर लिया! माँ कुछ समझ न सकीं। वह चीख पड़ीं! दौड़कर मुझे पकड़ने को बढ़ी ही थीं कि एक पुलिस के धक्के से वह दूर जा गिरीं। मेरी आँखों में खून उतर आया! किंतु इतने ही में मेरी गरदन पर भी एक जबरदस्त धौल इन शुभ शब्दों के साथ पड़ी—'चल, साले, गुर्राता क्या है रे?' देखते-देखते मेरे हाथों में कड़ियाँ थीं, कमर में मोटा रस्सा और चारों ओर से लाल पगड़ीवालों से घिरा मैं थाने

की ओर ले जाया जा रहा था। माँ शायद उस झटके पर ही बेहोश हो गई थीं, क्योंकि फिर उनकी हलचल नहीं मालूम हुई। अच्छा ही हुआ!

९

पिअरिया! पिअरिया!

मैं जेल पहुँचा। उसी जेल में, जिसको आप लोग, बाबूजी, तपोभूमि कहते हैं। हाँ, आप लोग इसे तपोभूमि कह सकते हैं; किंतु मेरे जैसा आदमी, जिसने यहाँ के नारकीय दृश्य देखे हैं, तप जैसे पवित्र शब्द का संबंध इस नरक-भूमि से जोड़ नहीं सकता।

मुकदमा चला। मालूम हुआ, मुझपर 'रेप केस' चलाया जा रहा है। जमानत भी मंजूर नहीं हुई। मुझपर अभियोग था कि पिअरिया नामक एक कमसिन लड़की से मैं जबरदस्ती दुराचार कर रहा था; वह चिल्लाई, उसका चिल्लाना सुन लोग दौड़े, तब मैंने लाठियाँ चलाकर कितनों को ही घायल कर दिया, जिनमें से एक की मार बड़ी ही संगीन है, वह शायद ही बचे। संगीन चोट है, यह सुनकर मुझे खूब खुशी हुई! शायद ही बचे! वह मर जाय, तो मैं फाँसी पर भी खुशी-खुशी झूल जाऊँ। और, हाँ, पिअरिया नामक एक कमसिन लड़की से जबरदस्ती दुराचार! वह चिल्लाई!! खूब! यही देखना है कि पिअरिया अपनी गवाही में क्या कहती है? क्योंकि इस मुकदमे में पिअरिया की गवाही जरूर होगी, एक गँवार आदमी होते हुए भी मैं इतना भलीभाँति समझ सकता था।

हाँ, मैं यह सुनने को उत्सुक था कि पिअरिया की क्या गवाही होती है। क्या पिअरिया मेरे खिलाफ गवाही देने आएगी? क्या वह कहेगी कि मैंने उससे जबरदस्ती की?—यही कौतूहल था। जेल के भीतर आने पर कितनी ही बातें याद आतीं, माँ की याद तो रुला-रुला मारती; किंतु इस कौतूहल के कारण ये सब बातें तले पड़ जातीं। जेल का वह अभक्ष्य भोजन, वार्डरों का वह यमदूती व्यवहार, रास्ते में सिपाहियों का वह हुँरपेटा—किंतु इन सबपर भी वह कौतूहल बढ़कर था। जिस दिन यह मालूम हुआ कि पिअरिया की गवाही होगी, उस रात में नींद नहीं आई। रात-भर पिअरिया आँखों के सामने नाचती रही।

जब तक प्रेम-पात्र सामने रहता है, उसकी खूबी और खराबी हमारी आँखों में उतनी नहीं चढ़ती। हमपर एक प्रकार की मुह्यता, मुग्धता सवार रहती है, जिसका केवल एक ही तकाजा होता है—मैं उसे देखा करूँ और वह मुझे देखा करे। किंतु जब किसी कारणवश बीच में अंतराल आ जाता है, जब कोई घटना दोनों को दो विपरीत दिशाओं में फेंक देती है, तब सिंहावलोकन करने की प्रवृत्ति जाग उठती है—हम अपने प्रेम-पात्र की एक-एक बात, उसके संबंध की एक-एक घटना, उसके अंगों की एक-एक हलचल का विश्लेषण करने लगते हैं। किंतु एक विचित्र बात है! वह विश्लेषण संहारात्मक न होकर रचनात्मक होता है—यानी इस विश्लेषण के द्वारा हम अपने प्रेम-पात्र की खराबियों का उतना पता नहीं पाते, जितना उसकी खूबियों का। यहाँ तक कि ज्यों-ज्यों दिन बीतते जाते हैं, केवल खूबियाँ-ही-खूबियाँ निखरने लगती हैं। समय की आग खोटेपन

को भस्मीभूत कर हमारे प्रेम-पात्र को खरा सोना-सा हमारी आँखों के सामने चमका देती है।

ठीक यही बात थी। इधर मेरे चिंतन का एक ही विषय था—वह थी पिअरिया। पिअरिया ही नहीं, उसकी खूबियाँ! उसकी बचपन से लेकर आज तक की जीवनी पर दृष्टि डाली; उसके जीवन की जितनी घटनाएँ याद थीं, सबका विश्लेषण किया। कहीं भी, थोड़ी-सी भी, बुराई नजर नहीं आई। उसकी खूबियाँ-ही-खूबियाँ नजर आईं। फिर, वही पिअरिया कल मेरे खिलाफ गवाही देगी—भरी अदालत में, इतने लोगों के सामने! क्या यह संभव है? किंतु संसार में कितनी ही असंभव बातें संभव हो जाती हैं। हुआ करें। पिअरिया ऐसा नहीं करेगी, हरगिज नहीं। तो, फिर, उसका नाम गवाह में क्यों दिया गया है? क्या कोई दूसरी दफा मुझपर नहीं लगाई जा सकती थी? मारपीट भी तो हुई थी। क्या यही कई वर्षों के लिए मुझे जेल में डाल रखने के लिए काफी नहीं थी? 'रेप केस' चलाया है, तो निस्संदेह पिअरिया की सहमति से ही। पिअरिया··· पिअरिया··· तू क्या हो गई है? पिअरिया··· पिअरिया···

इन्हीं बातों को सोचते हुए, आँखें मूँद, मैं वार्ड में अपने कंबल पर लेटा पड़ा था कि जमादार साहब का बूट गरज उठा, फाटक पर ताली झनझना उठी! भोर हो गई थी। मेरे लिए यही अच्छा था।

निश्चित समय पर मैं अदालत में लाया गया और कठघरे में खड़ा कर दिया गया। मेरी उत्सुक आँखें पिअरिया को ढूँढ़ने लगीं। पिअरिया के बाबूजी सिर नीचा किए एक ओर खड़े थे। वह पिअरिया का भाई बननेवाला हरामी भी था—उसके सिर में

अभी तक पट्टी बँधी थी। मैं खूब खुश हुआ। मेरी ओर देखते ही वह मूँछों पर ताव देने लगा—मैं इससे जला नहीं, मुझे हँसी आ गई। इसमें कितनी कायरता भरी थी। छिः! शत्रु को बेबस फँसा जानकर इठलाना—इससे बढ़कर कायरता तो शायद ही दुनिया में कोई हो! मैंने उसकी ओर तब से आँख भी नहीं उठाई—जब कभी अकस्मात नजर जाती, मैं हँस देता, वह कट मरता।

इतने ही में पिअरिया की पुकार हुई। 'रेप केस' का मुकदमा बड़ा ही दिलचस्प समझा जाता है। उस दिन अदालत के कमरे ठसाठस भरे होते हैं। हम कितने कामी हैं, यह इसका सूचक है। हम अपनी कामवासना को अस्वाभाविक रूप में दबाए रहते हैं, फलतः वह जहाँ कहीं भी थोड़ी-सी सुराख पाती है, निकल भागकर हमारा भंडाफोड़ कर देती है। रंडियों के नाच में इतनी भीड़ क्यों होती है? आशिक-माशूक की गजलें हम क्यों गुनगुनाते रहते हैं? रेप केस की कहानी हमें क्यों प्रिय लगती है? सबका एक ही उत्तर है—क्योंकि हम काम के गुलाम हैं। ऊपर से अपने शरीर में चंदन या लवेंडर लगाए रहते हैं, भीतर उसमें कामवासना की गंदी नाली बहती रहती है, जो अस्वाभाविक अवरोध पाकर इस तरह सड़ जाती है कि दुर्गंध से नाक फट जाए। रेष केस के मुकदमे की भीड़ एक और घृणित मनोवृत्ति का सूचक है। हम में इतना पतितपना अभी बना हुआ है कि दूसरे की इज्जत से अपना मनोरंजन करने में हमें शर्म नहीं आती। ऐसे ही पतितों और बेशर्म लोगों से अदालत का कमरा भरा हुआ था। पिअरिया की पुकार होते ही, सबकी आँखें चमक उठीं—उत्सुकता से और आनंद से भी! शिकार को देखकर

शिकारी को आनंद-विह्वल होना ही चाहिए। किंतु मेरी हालत विचित्र थी। मैं उस मनोभाव का वर्णन कर नहीं सकता। मालूम होता था, शरीर की सभी क्रियाओं—रक्त-संचालन, हृदय की धड़कन, श्वास-प्रश्वास—में एक प्रकार की उथल-पुथल मच गई है! मैं खड़ा था, देख रहा था, तो भी संज्ञाशून्य था।

एक लड़की ने कमरे में प्रवेश किया। दर्शकों के हृदय खिल उठे। मैं आश्चर्यचकित रह गया! यह तो पिअरिया की चचेरी बहन थी। क्या यह भी गवाही देगी? इसका क्या प्रयोजन यहाँ? गवाही शुरू हुई। पूछा गया—तुम्हारा नाम?

'मेरा नाम पिअरिया।'

'पिअरिया!' मैं चिल्ला उठा। सब लोग मेरे मुँह की ओर देखने लगे। मैं समझ गया—पिअरिया के राजी नहीं होने पर इन लोगों ने दूसरी लड़की को उसके नाम पर अदालत में घसीटा है! पिअरिया! वाह पिअरिया!! तुमने मेरे मुँह की लाली रख ली। मैंने मुसकराते हुए पूछा—

'ओहो, तुम्हीं मेरी पिअरिया हो?' और खूब जोर से ठठा उठा!

मजिस्ट्रेट ने क्रोध-भरी मुद्रा में मेरी ओर देखा—शायद इस गुस्ताखी पर! मुद्दई के वकील धड़ल्ले से अँगरेजी में दाँत-किट-किट करने लगे। पेशकार को कुछ हुक्म हुआ। उसने मुझसे कहा—'खबरदार, अब बीच में कुछ बोलोगे या हँसोगे तो सजा होगी। तुम्हारी ख्वाहिश हो, तो, आखिर में जिरह करना।'

जिरह करे मेरी बला। मैं तो जीत गया था। पिअरिया ने मेरे मुँह की लाली रख ली—अब दो न जितनी सजा चाहो!

तब से मैं मस्त रहता। बहुत दिनों तक जेल से अदालत, अदालत से जेल होता रहा। मैं आता-जाता। एक-एक करके गवाहियाँ गुजरतीं। वे क्या-क्या कहते? न मुझे सफाई पेश करनी थी, न वकील किया था। मस्त था—क्योंकि मेरी पिअरिया ने मेरे मुँह की लाली रख ली थी। वाह री मेरी पिअरिया!

अब, जज के निकट, सेशन में मुकदमा चल रहा था। एक दिन जेल में खबर हुई, एक मुलाकाती आए हैं। मैं चकित हुआ। भला कौन मुझ व्यभिचारी से मिलने आएगा! देखा, वही, मोहन है—जिसने पहले दिन मुझसे दिल्लगी की थी; बीच में एक दिन समझाया था; अंतिम दिन टाँग-टूँगकर घर पर पहुँचाया था! आते ही वह रोने लगा—किंतु मैं तो हँस रहा था। वह चकित हुआ। मैंने ही उसे ढाढ़स दिया। खैर, रोते-ही-रोते उसने यह बतलाया कि मेरी माँ मर गईं—जिस दिन मैं आया, उसी दिन से बीमार हुईं और मेरा नाम लेते-लेते चल बसीं! इस समाचार से मुझे और भी खुशी हुई—एक यही चिंता थी, वह भी दूर हुई। मैं ठहाका मारकर हँसने लगा। वह मेरी ओर चकित होकर देखता था। अंत में उसने कहा—

'मरते समय, भैया, आपकी माँ ने मुझे बुलाकर एक जगह बतलाई, जहाँ से खोदने पर काँसे के एक लोटे में ५०० रुपए निकले। इन रुपयों को उन्होंने आपकी पत्नी के लिए बचाकर रखा था। उन्होंने मुझे आदेश दिया है कि इन रुपयों से मैं आपके लिए एक अच्छा वकील करके मुकदमा लड़ूँ। खैर, वह तो चली गईं। अब हम लोगों की राय है कि मुकदमा जरूर लड़ा जाए—क्योंकि यह शुरू से आखिर तक झूठा मुकदमा है। गाँव के

कुछ लोग कहने को तैयार हैं कि यह पिअरिया नकली है।'

मुझे जैसे याद हो आई; मैंने पूछा—'अच्छा, पिअरिया कहाँ है?'

उसकी आँखें एक बार और सजल हो गईं। उसने कहा—'पता नहीं, कहाँ है? उसी दिन वह घर से निकल गई, न जाने कहाँ गई? हाँ, अपने गाँव के कुछ लोग जब जनकपुर मेला जा रहे थे, तो उन्होंने एक वैसी ही लड़की देखी थी—वह चिथड़ा लपेटे, पगली-सी···'

इतना कहते-कहते वह रुक गया—जैसे उसका गला घुट रहा हो। फिर वह बोला—'वह जब-तब मनोहर भैया—मनोहर भैया कहकर चिल्लाती थी!'

मैं तो सन्न हो गया। दूसरे ही क्षण मेरी आँखों से अविरल अश्रुधारा चल रही थी। रोते-रोते मेरी हिचकी बँध गई। तब तक मुलाकात का समय भी पूरा हो गया था। जमादार साहब ने कहा—अब रोना-धोना खतम करो, समय हो गया। मैं कुछ चैतन्य हुआ। मैंने उस छोकरे से कहा—'हाँ, हाँ, तुम जाओ। मेरे लिए चिंता मत करो। मेरे लिए वकील या पैरवी की जरूरत नहीं। यदि मैं बाहर जाऊँगा, मैं भी पागल हो जाऊँगा। मैं पागलपन का सुख भोगना नहीं चाहता। पिअरिया-पिअरिया! मैं उसके नाम पर कुछ दिन एकांत में धूनी रमाना चाहता हूँ। जेल से बढ़कर एकांत स्थान कहाँ? हाँ, ये रुपए—सो इन्हें तुम हिफाजत से रखना। जब मैं छूटकर आऊँगा—इसी से एक मंदिर बनवा दूँगा,···'

वह रोता-धोता चला गया। मैं हँसता-रोता अपने वार्ड में आया! हँस रहा था, अपने भाग्य पर; रो रहा था—पिअरिया के

लिए! मैया!—उनके नाम पर भी आँसू की कुछ कम बूँदें नहीं गिर रही थीं! आह! बेचारी को कितना कष्ट हुआ। मेरे ही लिए उन्होंने अपनी भरी जवानी खराब की; फिर भी मैंने उन्हें धोखा दिया! बेचारी मर न जाय, तो क्या करे? ऐसा बड़ा सदमा किसी भी आदमी को मारने के लिए काफी है!

भीतरी झाँकी

१

यह पाषाण-पुरी

यह पाषाण-पुरी!

पत्थर के बड़े-बड़े ढोंकों से बनी ये ऊँची दीवारें—बेडौल, बदशकल; कुरूप, घिनौनी।

जोड़ों पर सीमेंट की टेढ़ी-मेढ़ी लकीरें, जो जमाने की रगड़ से काली-काली बन गई हैं—ये काली नागिनें!

पत्थर की दीवारों पर काली नागिनें ससर रही हों, मानो।

पत्थर के ढोंके आत्माओं को कुचल रहे हैं; ये नागिनें कुचली आत्माओं को डँस रही हैं।

जहाँ देखिए, पत्थर-पत्थर—नागिनें, नागिनें!

इन पत्थरों ने यहाँ की हर चीज को पत्थर बना डाला है; इन नागिमों ने हर चीज को मूर्च्छित और बेदम बना रखा है!

यहाँ न आप कोमलता पा सकते हैं, न प्राण पा सकते हैं, बाबू!

पत्थर की दीवारों में एक ही दरवाजा—इस्पात का!

इस्पात ने आपको भीतर किया; पत्थर ने चारों ओर से घेर लिया!

जब पहले-पहल आया और एक भीषण चीत्कार के साथ

यह दरवाजा खुला, मालूम हुआ, मानो नरक ने अपना मुँह खोला हो।

जहाँ नरक, वहाँ यमदूत भी!

कौन कहता है, ये आदमी हैं!

ये पत्थर की दीवारें कैदियों को ही आदमी नहीं रहने देतीं, ऐसी बात नहीं है। कैदियों से पहले तो वार्डरों, जमादारों, जेलरों की इनसानियत खत्म करती हैं ये।

शिकारी पहले मरता है, शिकार तो बाद में!

एक का शरीर मरता है; दूसरे की आत्मा मर चुकी होती है!

अभी वह पहला दिन नहीं भूला जब मैं इस पाषाण-पुरी में लाया गया था!

हाथ में लोहे की कड़ियाँ थीं; कमर में सूते का मोटा रस्सा था। उस रस्से को एक सिपाही पकड़े था—दूसरा उसकी बगल में चल रहा था।

थानेदार ने कह दिया था, मैं बड़ा ही दबंग आसामी हूँ।

तेजी से चलता था तो थप्पड़ लगते थे—साले, भागना चाहते हो! धीरे चलता था तो कुंदे का हुँरपेटा लगता था—साले, पैर नहीं उठ रहे हैं!

'कैसा मजा किया होगा, उस छोकड़ी के साथ!'

क्या इसके बाद भी मैं होश में रह सकता था? मैंने घूमकर सिपाही की ओर देखा—घूमकर, घूरकर। क्या मेरी आँखों में कुछ था? उसने कहा—'तुम्हारी आँखों में कुछ देख रहा हूँ—भले आदमी की तरह सीधे चल, नहीं तो देख यह संगीन!'

संगीन—सिपाही के कंधे पर संगीन चम-चम कर रही थी!

मोहन ने कहा था—'भैया, तुम्हें पिअरिया की कसम, थाने या जेल में कोई ऊधम नहीं करना।'

संगीन की नोक में मैंने पिअरिया की कसम पढ़ी!

फिर चलने लगा! जेल आया, फाटक खुला।

'ओ चौड़ी छातीवाला, सिर नीचा करके चल, नीचा करके। यह ससुराल नहीं है!'

वह जमादार बोल रहा था—वही जमादार, जो आप लोगों के आगे दुम हिलाता फिरता है! और, मुझे आप लोगों के साथ देखकर आज भी दाँत पीसता है!

यह ससुराल नहीं है; क्या यह कहने की बात थी? और, यह ससुराल होती तो जमादार साहब से मेरा क्या रिश्ता होता, बाबू? किंतु अगर शादी में मेरी जरा भी सुनी जाती, तो क्या मैं कोई भी संबंध इनसे जोड़ सकता था?

मैंने घूमकर उसे एक बार अच्छी तरह देख लेना चाहा!

आज भी याद है सूरत! सिर पर लाल पगड़ी—मालूम होता था, तुरत-तुरत खून से रँगी गई है। चेहरे पर सबसे नुमायाँ सघन काली मूँछें, जिनकी नोकें बरछी-सी तनी—कितने खून कर चुकी हैं ये नुकीली बरछियाँ! ललाट पर, ऐसा लगता था, सिर्फ भौंहें ही भौंहें हैं, जिनके नीचे, खड्ड में छोटी-छोटी जलती आँखें—मानो, किसी दरार में दो अंगारे धधक रहे हों! चिपटी नाक—भद्दी; उभड़े होंठ, जिन्हें देखकर ही उकबाई आए। बाबू, मैं सात जनम में भी इसे अपना ससुर नहीं बना सकता था!

मैंने सिर मोड़ा ही था कि पीछे के कैदी ने कहा—'क्या देखते हो, आगे बढ़ो।' वह अनुभवी था, उसने पीछे चलकर मेरी बड़ी मदद की!

और, ये पाषाण-पुरी के सुंदर प्रकोष्ठ!

ईंट के बने, चूने से पुते। ऐसा मकान साधारण आदमियों को जिंदगी में कहाँ नसीब होता है, बाबू!

भीतर कतार में ऊँचे चबूतरे बने। एक चबूतरा मेरे हिस्से का हुआ। एक टाट, तीन कंबल। टाट को मुलायम बनाने के लिए एक कंबल उसपर डाल दीजिए; एक कंबल का तकिया बना लीजिए, और एक, जाड़ा लगने पर, ओढ़ लीजिएगा! ओहो, है तो ससुराली ठाठ! पलँग की जगह चबूतरा; तोशक की जगह टाट, रजाई की जगह कंबल! एक कसर—सो कभी जमादार साहब पूरी कर ही देंगे; मैं मन-ही-मन मुसकराया!

शाम होने को थी। घंटी बजी। खाना आ रहा है।

लोहे के दो तसले मेरे सामने रख दिए गए। एक बड़ा, दूसरा छोटा। बड़े में खाइए, छोटे में पीजिए! खाइए—बिहारी डैट! दिन में भात, रात में रोटी! ये रोटियाँ—काली-काली। क्या मँडुवे की हैं? गेहूँ की हैं, गेहूँ की! गेहूँ की रोटी, और ऐसी काली? किंतु, यह घर नहीं है कि माँ से सवाल-जवाब कीजिएगा। खाइए। खाइए और समझिए।

मुँह में रखी। घुन की गंध, मिट्टी का स्वाद, कंकड़ की किचकिच। इसे निगला जाए तो कैसे? जरा तरकारी मुँह में डाल लीजिए। तरकारी—सामने के सेंमल के पेड़ में फूल लगे थे। फूल की तरकारी, सेंमल के फूल की। सेंमल के फूल—डालों से तोड़े, गँड़ासे से काटे, बड़े कड़ाह में विशुद्ध पानी में उबाले गए। और, ऊपर से नमक छोड़ दिया। सेंमल के फूल—कलेजे की तरह लाल-लाल! गुस्से में किसी का कलेजा आप खा जा सकते हैं; किंतु क्या मजाल कि पहली बार सेंमल के फूल की इस तरकारी

को जबान पर ले जाकर आप न थूक दें!

'खाओ भैया, खाओ! एक दिन की नहीं है; न जाने कब तक…'

यह नन्हकू था! वही, जो मेरे पीछे आ रहा था। अनुभवी—चतुर! किंतु क्या मैं खा सकता था?

रात में पेट में हाहाकार था—गिनती का हाहाकार समूची पाषाण-पुरी को तरंगित कर गया!

एक-दो-तीन-चार; पाँच-छः-सात-आठ…

साठ आसामी ठीक हैं—जंगला-बत्ती ठीक है—गिनती करो पाँच नंबर!!

एक-दो तीन-चार; पाँच-छः-सात-आठ…

चौवन आसामी ठीक हैं—जंगला-बत्ती ठीक है—गिनती करो बारह नंबर र र्…

ओहो, क्या ये रात-भर सोने नहीं देंगे? और, यह गर-गर-गर-गर क्या हो रहा है? हर दो-तीन मिनट पर—हर दो-तीन मिनट पर। गर-गर—गर-गर—गर-गर—गर-गर!

ऊपर से मच्छर का धावा, नीचे से खटमल की चढ़ाई—ऊपर से जर्मन-वायुयानों के गोले बरस रहे हैं; नीचे से अँगरेजों की सबमैरिन के हूदक्के लग रहे हैं। एक-दो-तीन का लगातार हाहाकार—फिर रह-रहकर गर-गर-गर-गर!

पेशाब—एक बड़ा-सा टब रखा है; उसी में खड़े-खड़े यह गर-गर-गर-गर! बदबू, उकबाई। उकबाई, बदबू।

भोर हुई—बदन ऐंठ रहा था; आँखें झिप रही थीं! घंटी बजी, शौच को चलो!

खुले पाखाने, कैदी को शरम क्या? 'एक'—बैठ जाओ;

'दो'—उस नल पर नंगे आकर पानी छुओ; 'तीन'—हौज में हाथ-मुँह धोओ!

हुक्म पर उठना, हुक्म पर बैठना, हुक्म पर सोना, हुक्म पर जागना, हुक्म पर शौच जाना, हुक्म पर पानी छूना, हुक्म पर मुँह धोना—और ये पिछले तीनों काम पंद्रह मिनट में। जल्दी करो, नहीं तो डंडे खाओ! उफ्—

और, लो यह खिचड़ी! खिचड़ी—चावल-देवता, इसमें आप कहाँ हैं? दाल देवी, आप कहाँ हैं? हलदी—तुम्हारी जय! बस, एक जिंदा हो तो तुम्हीं, यद्यपि तुम पर भी लोहे के बरतनों ने काला नकाब डाल दिया है! कुछ पतली-पतली, पीली-मटमैली चीज गट-गटकर कंठ के नीचे उतारिए—बस, खिचड़ी का कैसा शानदार जलपान!

फिर, दिन के भात-दाल का क्या पूछना? भात में चावल अधिक थे या कंकड़? चावल में कंकड़ थे या कंकड़ में चावल? दाल में डुबकी लगाकर भी अगर खेसारी या मसूर का एक दाना ढूँढ़ लें, तो समझिए क्षीर-समुद्र मथकर आपने अनंत-देवता पा लिया! अरहर-चने का सपना भूलिए।

शाम को आया था, अब दिन के प्रकाश में लोगों के चेहरे देखे—सबके चेहरे खिंचे; सबकी आँखें सुर्ख! काली धारी के बिना बाँहों के कुरते और मुश्किल से जाँघ तक ढंकनेवाले अधपजामों की किट ने लोगों की सूरत को और भी भयानक बना रखा था। बालों ने, दाढ़ी-मूँछों ने उस्तुरों की याद भी भुला रखी थी! उफ्, ये आदमी नहीं; दिन में ही चलते-फिरते भूत मालूम होते हैं ये।

और, उन भूतों को हाँक रहे थे वार्डर-रूपी भूतनाथ!

ये भूत, ये भूतनाथ! ये पत्थर, यह इस्पात। यह हाहाकार, यह गर-गर-गर-गर!

पाषाण-पुरी, पाषाण पुरी! उफ्, तुम्हीं में सात साल गुजारने हैं! लगभग ढाई हजार दिन—जिनका एक-एक दिन न जाने कितने दिनों का होगा; जिनकी एक-एक रात न जाने कितनी लंबी-चौड़ी होगी!

आह, उफ्!

बाबू, उस पहले दिन की बिपता की कल्पना भी आप नहीं कर सकते—खुद मैं भी आज उसकी कल्पना नहीं कर पाता!

२

कोल्हू का बैल

पहले के तीन दिन कोरंटीन में बीते। इन तीन दिनों के अंदर डॉक्टरी हुई, शरीर की नाप-तौल हुई। नन्हकू ने कहा—जेल में आना था, तो यह साँड़ का-सा शरीर लेकर क्यों आए? भगवान् ही तुम्हारी रक्षा करें!

और, भगवान् भी मेरी रक्षा नहीं कर सके!

चौथे दिन मुझे भी वह किट पिन्हा दी गई और हुक्म हुआ, चलो कोल्हू में।

कोल्हू में? हाँ, साँड़ की-सी देह लेकर जो आया था मैं यहाँ? इस देह पर सबकी नजरें गड़ीं—जमादार की खूनी नजरें सबसे भीतर तक घुसीं!

यह कोल्हू है, यह दस सेर सरसों है; पूरे ढाई सेर तेल

निकालना है तुम्हें! साँड़ हो, तो कोल्हू में बहो।

आदमी—साँड़! कोल्हू—तेल! दस सेर सरसों, ढाई सेर तेल! कोल्हू में सरसों रखकर जोरों से पेरे जाओ—सुस्ती की तो फिर तेल सूख गया। और तेल सूख गया—तो···

पेरे जाओ, पेरे जाओ। घर पर इतना दूध पीया, इतना घी खाया; इतनी कसरत की, इतनी कुश्ती लड़ी। पेरे जाओ, दस सेर सरसों, ढाई सेर तेल! देख नहीं रहे हो; वे लोग पेर रहे हैं; पेरे जाओ, सुस्ती की तो तेल सूख जाएगा। और, तेल सूख गया—तो···

छाती पर दस मन के महन का बोझ—ठेले जाओ, पेरे जाओ। साँड़ हो, चले चलो। धीरे-धीरे! धीरे-धीरे क्यों? तेजी से। तेजी से—

चर-चों—चर-चों! वह तेल चू रहा है, पीली-पीली धारा। ले लिया है, बढ़े चलो। तेजी से बढ़े चलो। ललाट पर पसीना, बदन में पसीना; सिर का पसीना पैर से चू रहा है। चूने दो, बढ़े चलो!

कोल्हू से तेल चू रहा है, बदन से पसीना चू रहा है। तेल से बरतन भर रहा है, पसीने से रास्ता गीला हो रहा है! हाँ, हाँ, रास्ता गीला। किंतु बढ़े चलो—

महन घूम रहा है, सिर घूम रहा है। कोल्हू से पीला तेल गिर रहा है; आँखों के सामने का संसार अब पीला ही पीला है।

कोल्हू नाच रहा है, तुम नाच रहे हो, संसार नाच रहा है! नाचने दो, बढ़े चलो, तेजी से। सुस्ती की तो तेल सूख जाएगा। तेल सूख गया—तो···

तो··· तो··· तो···

पैर थरथरा रहे हैं, शरीर भहरा रहा है, आँखों के आगे अँधेरा! अँधेरा··· अँधेरा···

और, जब आँखें खुलीं, तो देखा, कुछ लोग मुझे घेरे हुए हैं! मुझे पानी पिलाया जा रहा है, एक आदमी फटे गमछे से हवा कर रहा है! और, सामने, वह जमादार···

'ओ चौड़ी छातीवाले, कहा था न कि सिर झुकाकर चलो···'

उसने मूँछों को उमेठा! मूँछ, बरछी! आँख—अंगारा! पगड़ी से खून चू रहा है और उसके पीले भद्दे दाँतों से··· उफ्, मेरी आँखें खुली न रह सकीं, बाबू!

रात में नन्हकू ने कहा—कहा था न, यह साँड़ का-सा शरीर लेकर क्यों जेल में आए? यह साला जमादार तुम्हारी जान लेकर रहेगा!

'नन्हकुआ, तू क्या जाने! चुप रह। जेल है, तो हम भी हैं। जेल हमें पहचानता है, हम जेल को। यह बेचारा नया फँसा है, यह भी सीख जाएगा। हाँ, पहले ही दिन बुरा फँसा; किंतु कोई बात नहीं—सब ठीक हो जाएगा···'

'सब ठीक हो जाएगा!'

यह दूसरा कैदी था। उसने बड़े प्रेम से पूछना शुरू किया—'तुम कौन हो? तुम्हारे घर की हालत क्या है? घर पर कौन हैं?' एक तो मेरे अंग-अंग टूट रहे थे, सिर घूम रहा था, समूचा शरीर घूम रहा था, मालूम होता था, अब भी कोल्हू से बँधा हूँ। फिर, क्या बताता? घर की बात बताने के लायक ही क्या थी? थोड़ा जो कहा, मालूम हुआ, उससे वह संतुष्ट नहीं हुआ—'राम ही मालिक' कहकर अपने चबूतरे पर चला गया।

'बच गए दोस्त, बच गए!' —नन्हकू बोला, 'तुम जानते नहीं, यह साला जमादार का दलाल है। जमादार दिन में लोगों से कोल्हू चलवाता है, रात में इसे भेजकर रुपए ऐंठता है।'

'रुपए?—जेल में रुपए कहाँ से आएँगे?'

'जेल में रुपए आते हैं, यहाँ रुपयों की कमी नहीं है।'

'आते हैं, कमी नहीं है?'

'जान जाओगे, जान जाओगे! लेकिन तुम बच गए। अगर मालूम होता कि तुम मालदार हो, तो फिर तुम्हारी खैर नहीं थी। तुम्हारी नस-नस दूह लेता यह साला!'

बाबू, आप जान नहीं सकते, यहाँ क्या-क्या होता था, क्या-क्या होता है! ज्योंही कोई मालदार आया, उसे कोल्हू में जोता गया! फिर सौदा होना शुरू हुआ। दस हजार, पाँच हजार—पाँच सौ से कम का सौदा तो होता ही नहीं! सौदे में वार्डर, जमादार, जेलर सब शामिल। बड़े सौदे में सुपरिंटेंडेंट भी। सौदा तय हो जाने पर एक जमादार छुट्टी लेता है, कैदी का खत लेकर उसके घर पर जाता है, वहाँ से रुपए लाता है और फिर सब बाँट-बूट लेते हैं।

किंतु, यदि खत के बावजूद रुपए नहीं मिले तो?

३

गीदड़-कुटान

अभी-अभी उस दिन आया था वह, बाबू!

सुंदर, गभरू जवान—जैसे घी के कुप्पे में से निकाला गया

हो। माँ के लाड़, पिता के प्यार का एक ही प्रतीक। लक्ष्मी मैया का यह वरद् पुत्र, कार्त्तिकेय का अवतार ही मालूम होता था।

धनी आदमी, खून के केस में फँस गया था। फाँसी से बच गया था, कालापानी ले आया था।

कालापानी—लेकिन कितना निर्द्वंद्व लगता था वह! जो होना था, हुआ; रोने-धोने से क्या फायदा!

वह भी कोल्हू में जोता गया।

तब तक मैं अभ्यासी हो गया था। पहले दिन मूर्च्छा आई थी; दूसरे, तीसरे दिन तक मतली आई थी; हफ्ते-भर देह में ऐंठन रही, एक महीने तक सोए रहने पर भी मालूम होता था जैसे चाक पर रखकर मुझे घुमाया जा रहा है; किंतु उसके बाद, सब ठीक।

मैं नियत समय पर दस सेर सरसों लाता; नियत समय पर ढाई सेर तेल जमा कर आता।

यारों ने तेल निकालने की कला बता दी थी! पहले धीरे-धीरे, जब तक सरसों कुचल न जाए। फिर तेजी से, जब देह गरमा जाए, सरसों गरमा जाए। तेल चूने लगे; फिर सम!

किंतु, वह बेचारा यह कला क्या जाने; और, सामने जमादार! उसे सिखाए कौन, बताए कौन!

नया शिकार फँसा था! जमादार रह-रहकर मूँछों पर ताव दे रहा था!

ठीक मेरी जैसी हालत हुई, मुझसे भी बदतर! बेहोश होकर गिरा तो एक घंटा के बाद होश हुआ उसको!

रात में सौदा तय हुआ; दिन में वह अस्पताल भेज दिया गया।

एक हफ्ते के बाद देखा, वह फिर कोल्हू में लाया गया। उसकी शामत, घरवालों ने रुपए नहीं दिए। क्यों नहीं दिए—वह बेचारा भी समझ न सका। इस बार जमादार साहब की त्योरी कुछ और भी चढ़ी हुई थी।

और, मालूम होता है, उसने भी तय कर लिया था, सब कुछ का सामना करेगा वह।

चार-पाँच दिनों तक वह जोर-शोर से कोल्हू चलाता रहा। किंतु जो शरीर फूलों से बना था वह कोल्हू में डट सके! वह रोज-रोज छीजने लगा। देहात में कहावत है, साग की तरह गल जाना—बाबू, वह उसी तरह गल रहा था! एक हफ्ते में ही उसके गाल की हड्डी उभड़ आईं!

फिर दलाल जुटे, फिर खत लिखा गया, इस बार खुद जमादार गया—किंतु, फिर वह खाली हाथ लौटा!

उसने रोकर मुझसे कहा—शायद अब मुझे जीने नहीं देंगे ये लोग!

मैंने उसे ढाढ़स बँधाया; नन्हकू ने समझाया। किंतु, जैसे वह धीरज खो बैठा था।

और, जमादार साहब भी धीरज खो बैठे थे—साले के दरवाजे पर हाथी बँधा है और रुपया निकालते नानी मरती है। या, इसके खत ही में कोई इशारा रहता है न देने का? बच्चू सीखेंगे···

गीदड़-कुटान!

जमादार का ब्रह्मास्त्र है गीदड़-कुटान।

देहात में ज्यों ही बैसाख आया, गीदड़ों का शिकार शुरू हुआ। गेहूँ कटा, अरहड़ कटी। समूचा सरेह वीरान हो गया।

अब गीदड़ छिपे तो कहाँ? अपनी माँद में भी वह चैन से कहाँ रह पाता है? माँद का पता लगा और लड़के अपने कुत्तों को साथ लिये पहुँच गए। हाथ में डंडे, लाठियाँ, भाले भी। भूसे में मिर्चा मिलाकर माँद के छेदों में उसका धुक्कन दिया गया। धुएँ से व्याकुल होकर गीदड़ माँद से निकला। निकला, भागा। कुत्ते पीछे पड़े, बच्चे पीछे पड़े। दौड़-धूप हुई, गीदड़ थका, कुत्ते टूटे, डंडे बरसे, भाले चमके। उफ् री बुरी मौत! गीदड़ की मौत!

घायल गीदड़ पड़ा है और कोई कुत्ता टाँग पकड़कर खींच रहा है, कोई उसकी अंतड़ी पर दाँत गड़ाए है। डंडों से उसके सिर को भुरता बनाया जा रहा है, भालों से उसकी अंतड़ियाँ निकाली जा रही हैं—उफ्!

गीदड़-कुटान! जेल में इस नाम से ही कैदी काँप उठते!

वह बेचारा गीदड़-कुटान की जद में आ रहा!

चलो सेंटर में, जमादार साहब बुला रहे हैं।—कल्लू ने उससे कहा। सेंटर; जमादार साहब; कल्लू! चलते समय उसने कैसी करुण दृष्टि हमपर डाली और ज्योंही वह चला, नन्हकू की आँखों में पानी छलछला उठा—सेंटर में··· जमादार साहब··· कल्लू···

'क्यों बे, ठीक से काम क्यों नहीं करता?'

'करने की कोशिश करता हूँ, जमादार साहब! जितना कर सकता हूँ, करता हूँ!'

'सकता हूँ?—सकता हूँ का साला। काम करना पड़ेगा—'

'करूँगा, जमादार साहब!'

'तो करता क्यों नहीं है बे? उलटे हमीं लोगों को धोखा देता है! कल्लू, इस साले को सेंटर के भीतर ले जाओ!'

सेंटर के भीतर क्या हुआ, कल्लू से पूछिए! किंतु सेंटर के भीतर क्या होता है, कौन नहीं जानता? कल्लू का एक रद्दा–पहलवान भी थौंस जाय। ज्योंही गिरा, ऊपर से कंबल–जिससे चिल्लाहट बाहर सुनाई न पड़े, शरीर पर कोई दाग नुमायाँ न हो। कोई कंबल के नीचे पड़ा है, ऊपर से बूटों की ठोकरें और बटन के हुँरपेटे लग रहे हैं। चिल्लाहट तो नहीं, कराह सुनाई पड़ती है, जो सेंटर में ही गूँजकर रह जाती है!

आह, आह! बाबू, आज भी उसकी सूरत याद आ रही है। गीदड़-कुटान तो हुआ; किंतु वह गीदड़ नहीं था, जिसके प्राण कलेजे की सातवीं तह के नीचे होते हैं। यह तो मृगछौना था। बूटों और बटन ने उसकी क्या दुर्गति कर दी···

कल्लू उसके शरीर को उठाकर हौज की तरफ दौड़ा। वहाँ हौज में पटक दिया। जमादार ने सीटी बजाई। कई वार्डर दौड़े।–जाओ, डॉक्टर को खबर दो, इसे मिरगी आ गई है।

मिरगी आ गई है?–हाँ, मिरगी आ गई है!

हौज में उसका शरीर पड़ा है। मिरगी आ गई है, पानी में गिर गया है। मिरगी पानी खोजती है न? किंतु उसकी नाक से, उसके मुँह से जो खून निकल रहा है? मुँह के बल गिर गया है? शायद इसी से नाक चिपक गई है, गाल पर कट गया है। क्या एक बूट यहाँ भी पड़ गया था? किंतु, क्या कह रहे हो? इसे तो मिरगी आ गई है! मिरगी? मिरगी में लोग हाथ-पैर फटकारते हैं–यह तो सुन्न पड़ा है, मुरदे-सा? मुरदे-सा। तो मिरगी में लोग मर भी जाते हैं! बदन में वही बिना बाँह का कुरता है, किंतु हाथ-पैर में काले निशान उगते आ रहे हैं। मिरगी में काले निशान? किंतु, तुम लोग यहाँ खड़े क्यों हो–भागो यहाँ से!

डॉक्टर आए, डॉक्टर आए। लाश को, हाँ, अब लाश ही कहिए, हौज से निकलवाया। नब्ज देखी, कलेजे पर आला लगाया। जमादार की ओर रहस्य की आँखों से देखा। जमादार ने खीसें निपोड़ दीं। लाश अस्पताल गई। दूसरे दिन डोमों ने उसे दफना दिया! जेल में मर गया, तो मच्छर; भाग गया, तो शेर!

जिस समय उसे उठाकर ले जा रहे थे, नन्हकू तो धाड़ मारकर रो पड़ा। मेरा तो होश फाख्ता था। जिसे कुछ घंटे पहले हँसते-बोलते देखा था, उसी की कुछ देर में यह हालत; कोई प्लेग नहीं, कोई हैजा नहीं—और, आदमी अचानक चल दे! और, वह भी इस बुरी तरह। जैसे फूल को मसल दीजिए, आप पहचान नहीं सकेंगे, यह बेला है या गुलाब; ठीक वही हाल उस बेचारे की लाश की थी। कुछ ही देर में आदमी कितना बदल जाता है? शरीर तो निर्जीव था, हाँ, आँखें खुली थीं। शरीर निर्जीव होने पर भी, मालूम होता था, आँखें संसार को कह रही हों—यही संसार है, जिसपर लोगों को इतना गर्व है; संसार, हमने तुम्हें कितना चाहा; लेकिन तुमने मेरे साथ क्या किया?

उसकी वे आँखें बहुत दिनों तक मुझे परीशान करती रहीं, बाबू; कई रात सोने नहीं दिया उन्होंने। जिधर देखता, मालूम होता, वे आँखें पूछ रही हैं—यह मेरे साथ क्या हुआ? जमादार की ओर तो मैं अब देख नहीं सकता था। हाँ, कल्लू पर बहुत गुस्सा आ रहा था। आखिर कल्लू भी तो कैदी है! उस अभागे ने यह क्या किया? किंतु हाथी को तो हाथी ही फँसाता है, बाबू!

४

जेल कल्लुओं का है!

किंतु जेल चले नहीं, अगर उसके अंदर कल्लू जैसे कैदी नहीं हों।

कौन कहता है, जेल को जेलर, जमादार या वार्डर चलाते हैं? बिलकुल गलत बात। जेल को चलाते हैं कल्लू जैसे कैदी—जो खुद जेल में मौज उड़ाया करते हैं और कैदियों को मोटी रस्सी में नाथकर मनमानी चलाया करते हैं।

'पहरा' से उनका दरजा शुरू होता है, 'मेठ' तक जाता है।

जेल के इतने काम के होते हैं ये कि इनका मुशाहरा भी बँधा हुआ होता है। मुशाहरा? हाँ, हाँ—महीने में चार ही आने सही, लेकिन ये पैसे इन्हें मिला करते हैं सरकारी खजाने से।

जमादार की पारखी आँखें तुरत चुन लेती हैं कि सारे कैदियों में से उसके काम के कौन हो सकते हैं? कुछ ही दिनों में उनके सिर पर काली टोपियाँ पड़ जाती हैं और होते-होते कनविक्ट-वार्डर के बिल्ले भी उनकी कमर में चमकने लगते हैं।

ये लोग ज्यादातर लंबी मुद्दत के कैदी होते हैं। प्रायः ये दबंग होते हैं। जेल में आए नहीं कि इनकी मुठभेड़ शुरू हो जाती है। पहले इन्हें तोड़ने की कोशिश होती है, बाद में इन्हें मिला लिया जाता है!

फिर तो ये वैसे कुकर्म करने लगते हैं जिनकी कल्पना भी नहीं की जा सकती। इनके सौ खून माफ होते हैं!

कल्लू, दशरथ, हबीब—हमारे जेल के इस त्रिरत्न को देखिए। तीनों ने खून किया था—कल्लू ने अपने भाई का; हबीब

ने अपनी लुगाई का; दशरथ तो नामी डकैत ठहरा। उसके द्वारा की गई हत्याओं की क्या गिनती!

उससे पूछिए, किस फख्र से उन हत्याओं का वर्णन करता है—किसी की गरदन काट दो, उसकी लाश तड़प रही हो, खून के फव्वारे छूट रहे हों—क्या इससे भी बढ़कर कोई सुंदर दृश्य हो सकता है? और, आदमी की गरदन कितनी मुलायम! भुँजाली का एक झटका दीजिए, सिर अलग, धड़ अलग! सिर को उठाकर लेते जाइए और किसी खड्ड में गाड़ दीजिए—फिर कौन खून का पता लगा सकता है? वह बड़े मजे ले-लेकर ऐसी बातें किया करता है।

एक बार उसने एक डकैती के सिलसिले में सारे परिवार का नाश कर दिया। बाप को मारा, बेटे को मारा, दो छोटे-छोटे पोतों को मारा और अंत में पुतोहू के पेट में भुँजाली घोंपकर चलता बना! वह कहता है—औरत का मरना बड़ा कारुणिक होता है। उसका देखना बहुत मुश्किल है! तब से वह औरत पर हाथ नहीं उठाता।

हबीब को शक था, उसकी बीवी पड़ोस के एक नौजवान को प्यार करती है। वह खुद कलकत्ते रहता था। एक बार कलकत्ता से लौटा तो उस नौजवान को अपने घर से निकलते देखा। पास में छुरा लाया ही था। नौजवान तो निकल चुका था, बीवी पर टूटा। और, बाबू, जानते हैं, अपनी स्त्री का उसने खून कैसे किया? उसके गाल पर छुरे मारे, उसके स्तन पर छुरे मारे और आखिर में समूचा छुरा उसकी जाँघों के बीच में घुसेड़कर चलता बना। बारह साल तक फरार रहा; सबूत तो मिट चुके थे—कालापानी लेकर आया है!

और, यह कल्लू? यह नराधम! एक बित्ता जमीन के लिए अपने ही भाई को गँड़ासे से बोटी-बोटी काट डालने में हिचक नहीं हुई इसे; जेल में आने पर तो कुछ दिनों तक यह पागल-सा बना रहता था। रह-रहकर मल्लू, मल्लू चिल्ला उठता, रोता। फिर जब शांत हुआ है तो यह जेल के लिए कहर हो गया है। जमादार को बुरे से बुरा काम कराना होता है, कल्लू को एक दम गाँजा पिला दिया—फिर, जो चाहा, करा लिया! इस जेल में कितनों की जानें ली हैं इसने, कितनों को जिंदगी-भर के लिए बेकाम बना दिया है इसने।

दशरथ, हबीब, कल्लू—इस जेल के राजा ये ही तीन हैं। जेल में रोगियों के लिए जो दूध आता है, उसकी सारी मलाई ये तीन खाते हैं। गोश्त की सिर्फ हड्डी ही अस्पताल में जा पाती है। शाम-सवेरे देह में तेल की मालिश—फिर दंड, बैठक! सुपरिंटेंडेंट चाहता है कि इनसे सामना भी न हो!

कल्लू जल्लाद है, दशरथ हत्यारा; किंतु, इस हबीब की मत पूछिए! इसकी औरत इसके शरीर पर जैसे हमेशा सवार रहती है! और, जेल में औरत कहाँ से आए? नतीजा यह है कि यह हमेशा अपनी ड्यूटी छोकरा-किता में लेता है! बच्चे इसकी सूरत देखते ही काँप जाते हैं! किंतु, वे करें क्या? जाल की मछली, भाग कहाँ जाएगी? अभी कुछ दिन पहले एक लड़के ने आत्महत्या कर ली! गमछे को फाड़कर महीन रस्सी बँटी और जंगले से लगाकर लुढ़क पड़ा! गरदन लंबी हो गई थी, आँखें निकल आई थीं! और, हबीब ने दूसरे लड़कों से कहा—देखा, जो मेरी बात नहीं मानेगा, उसकी यही गति होगी!

बाबू, बाबू, यह सचमुच पतितों का देश है!

यह कल्लू, यह दशरथ, यह हबीब—सिर्फ इनसे ही जेल नहीं चल सकता, बाबू! ये तो पुराने पापी हैं; पाप न करें, यही अचरज की बात हो। किंतु, मैंने देखा है, कितने शरीफ आए, कुछ दिनों तक शराफत दिखाते रहे। इस शराफत के चलते कुटे-पिटे। किंतु, पीछे अपनी गलती महसूस की। शरीफों की अक्ल उनमें थी ही। अक्ल से काम लेना शुरू किया—जमादार कौन कहे, जेलर और सुपरिंटेंडेंट तक की नाक के बाल बन गए वे! सारे जेल पर उनका दबदबा; सारे जेल को वे जिस तरह उठाएँ, बिठाएँ!

एक ऐसे ही आदमी थे सुंदर सिंह। नाम सुंदर सिंह, किंतु कुरूपता की मूर्ति! न जाने किसने उनके साथ बचपन में ही यह नाम रखकर दिल्लगी की! सारे चेहरे पर चेचक के दाग; काला रंग। किंतु, एक बड़े जमींदार के घर से थे। आपसी पट्टीदारी के झगड़े के सिलसिले में खून-खराबा हुआ, दस साल की सजा लेकर आए। कोल्हू में जुते; जमादार और जेलर को सलामी पहुँचाई, पहरा हुए, मेठ बने! जेलर को एक हजार की सलामी दी थी और यहाँ से लौटे पाँच सौ अशर्फियाँ लेकर!

पाँच सौ अशर्फियाँ?—हाँ, पाँच सौ अशर्फियाँ! जेल का सिक्का रुपया नहीं है, नोट नहीं है। जेल के सिक्के दो हैं—अशर्फियाँ या चवन्नी! चाँदीवाली छोटी चवन्नी। जेल में जो सिक्के पहुँचते हैं, या तो गला होकर या गुदा होकर।

'गुदा होकर?'

जी, गला होकर या गुदा होकर। जेल में घुसते समय इतनी कड़ी तलाशी होती है, और बाद में जेल में जो बार-बार तलाशियाँ हुआ करती हैं, उनके चलते कैदियों ने—कैदियों में से

पुराने पापियों ने—यह तरकीब निकाली है। शीशे की गोली में चूना लगाकर उसे कंठ में रखते जाते हैं। जबड़े के निचले हिस्से में छेद बनता जाता है। होते-होते इतनी जगह बन जाती है कि दस-दस अशर्फियाँ या चवन्नियाँ उसमें रख ली जाएँ। इन सिक्कों का पता पाने पर भी उन्हें जेलवाले निकलवा नहीं सकते। यों ही, आठ-आठ, दस-दस अशर्फियाँ या चवन्नियाँ गुदा-मार्ग में रखकर आते हैं और जब जरूरत पड़ती है, निकाल लेते हैं!

रुपए बड़े पड़ेंगे न? और, नोट तो गल जाएँगे! इसलिए जेल के सिक्के अशर्फियाँ और चवन्नियाँ ही हैं!

इन सिक्कों के बल पर जेल में क्या-क्या नहीं होता है! जेल तो जुए का अखाड़ा है ही; शराब की चुस्की या गाँजे की दम न हो तो जुए में क्या मजा? और, जब शराब आई, गाँजा आया तो कौन कुकर्म बाकी रहा? औरतों और बच्चों पर मरनेवाले हबीब तो कम हैं, यहाँ मरदों पर मर्द मरा करते हैं, बाबू!

सुंदर सिंह इन्हीं जुआबाज, शराबी और दुराचारी लोगों के सरगना बन गए। उनकी अशर्फियों को भुनाने का काम उनका; जुए का अड्डा ठीक करने का काम उनका; शराब और गाँजा मँगा देने का काम उनका; लौंडा जुटा देने का काम उनका! लौंडों पर माहवार बँधा हुआ है, सौदा कीजिए, माल लीजिए। उन्हें लेकर हाथ-हथफेर और उधारखाता भी चलता है यहाँ!

यह काम अकेले नहीं चला करता और बिना जमादार-जेलर की मरजी से यह चल नहीं सकता। सुंदर सिंह का एक बड़ा गिरोह है; जिसमें उन्हीं की तरह के कितने रईसजादा शामिल हैं! उन्हें आप जेल का तहसीलदार और खजांची भी

कह सकते हैं। जमादार या जेलर को जब रुपए की जरूरत हुई, सुंदर सिंह को हुक्म हुआ—रुपए हाजिर।

जेल चलता है कल्लुओं से; जेल चलता है सुंदर सिंहों से—जेल के छकड़े के ये दो पहिए हैं—निर्मम, निष्ठुर!

५

कामदेव कहाँ नहीं हैं?

कामदेव ने किसको न नचाया?

शिवजी महाराज सती की सड़ी लाश लेकर वर्षों क्यों पागल-सा दौड़ा किए!

शिवजी महाराज! —सड़ी लाश!

सड़ी लाश—बाबू, क्या हम-आप सभी सड़ी लाशें नहीं ढो रहे हैं!

कहाँ है जिंदगी? चारों ओर सड़न!

जिंदगी! —'जिंदगी जिंदादिली का नाम है।'

जिसमें उमंग हो न तरंग; उछाह हो न उत्साह, लास हो न उल्लास, उबाल हो न उछाल—वह जिंदगी कैसी, बाबू?

जो गेंद-सी उछली नहीं, गरम जल के कुंड-सी उबली नहीं; हर्ष में जिसने उल्लास न दिखाया, प्रेम में जिसने लास न पाया; कठिनाइयाँ जिसमें उत्साह न पैदा कर सकीं, बाधाएँ जिसमें उछाल न भर सकीं; जिसमें नदी-सी तरंग न हो, समुद्र-सी उमंग न हो—भला वह भी कोई जिंदगी है, बाबू!

जिसमें दुर्गंध हो, पीव हो, कीड़े हों—उफ् री जिंदगी, आह

री जिंदगी!

जिस जिंदगी में बाहर भी सड़न हो, वह इस पाषाण-पुरी में कैसी बन जा सकती है, कल्पना कीजिए!

जेल दुराचारों का अड्डा है और इसका सबसे बड़ा अड्डेदार है यह जमादार।

सेंटर पर बैठा, हर शाम को नए आनेवाले कैदियों के चेहरे घूरा करता है यह; और उसकी बगल में वह पापी-शिरोमणि हबीब!

जिस चेहरे पर थोड़ी लाली हो, जिस गाल पर थोड़ी चिकनाहट हो, जिस आँख में थोड़ा रसीलापन हो—बस, टूट पड़े दोनों।

दोनों में आँखों-आँखों बातें हुईं। खास खटालों में उसे रखा गया। खास आदमी उसके अगल-बगल सोए। खास गुर्गे उसके आस-पास डोलने लगे। किंतु, 'भय बिनु होहिं कि प्रीत!' जिन गालों को चूमना जरूरी है, उनपर पहले थप्पड़ रसीद करने से स्वाद बढ़ जाता है। आँखों का रसीलापन तब निखरता है जब उससे कुछ आँसू पहले बहा लिये जाएँ! चेहरे का गुलाब शाम को खिलेगा, दोपहर को उसे सख्तियों की धूप में तपा लिया जाए!

भय—प्रलोभन; प्रलोभन-भय-आग—पानी; पानी—आग! लोहे पर पानी तब चढ़ता है; काम का देवता तब प्रसन्न होता है!

अच्छे-अच्छे लोगों को यहाँ टूटते देखा है, बाबू!

किंतु, हम लोग क्या जानते थे कि कामदेवता का ताल एक दिन हमारे भोले-भाले नन्हकू पर टूटेगा!

और किसके साथ?—उस चुड़ैल जमादारिन के साथ!

जेल की जमादारिन! अच्छा है कि जमादारिनों के चुनाव में कुरूपता सर्वप्रधान सिफत मानी जाती है!

वे काली-काली, ढली-गली औरतें—उन्हें काली पोशाक देकर चुड़ैल नहीं, चुड़ैल की चाची बना दिया जाता है।

दिन में भी चुड़ैल-सी लगें और शाम को? खैरियत है कि रात में उन्हें जेल में आने भी नहीं दिया जाता!

इसी चुड़ैल जमादारिन से बेचारे नन्हकू की लड़ गई! और, ठीक शाम के वक्त!

इधर नन्हकू रसोई में काम कर रहा था। 'ये कबहूँ नहिं दूबरो होत, रसोई के विप्र कसाई के कूकुर।' इस कथन की सचाई आपको जेल में ही सोलह आने दिखाई पड़ेगी!

अस्थि-कंकालों के बीच में मुस्तंडे लोग—नमक के समुद्र में हरे-भरे द्वीप!

किंतु नन्हकू तो रसोई में गया मेरे चलते! वहाँ रहूँगा तो तुम्हारे लिए दो-चार अच्छी रोटियाँ बना लाऊँगा! और, वह लाता था, मैं खाता था। मेरा रोआँ-रोआँ उसे आशीर्वाद देता था। किंतु, कोई आशीर्वाद उसके काम नहीं आया।

रंडी-किता में वह कुछ दिनों से खाना देने जाता था।

रंडी-किता! हाँ, जेल के नामकरण भी कुछ अजीब होते हैं बाबू! चाहे जो औरत जिस जुर्म में आवे—यहाँ वे सब-की-सब रंडी हैं! रंडी-किता, छोकड़ा-किता, फाँसी-किता—और आप लोग जहाँ ठहरे हैं, वह बाबू-किता! और हम लोगों का खटाल-ही-खटाल! खटाल नं. १, नं. २, नं. ३ आदि!

तो, नन्हकू रंडी-किता में जाया करता था।

वह ज्यों ही भीतर घुसना चाहता; देखता, फाटक के सूराख से एक जोड़ा आँखें चमक रही हैं!

एक जोड़ा आँखें चमक रही हैं! चमक रही हैं? क्या इनमें सिर्फ चमक है? चमक-चमक! नहीं, भूख-भूख!

भूखी आँखें, इन्हें भोजन चाहिए!

भोजन—मिट्टी के तसले में एक के बदले डेढ़ करछुल खिचड़ी पड़ने लगी। डेढ़ करछुल खिचड़ी; डेढ़ नप्पा भात, दो की जगह तीन रोटियाँ! किंतु भूख मिटती नहीं, बढ़ती जा रही है।

छेद से दीख पड़नेवाली आँखों में चमक बढ़ती जाती है—भूख बढ़ती जाती है!

अब कितना दूँ?

मैं सब समझ रही हूँ निगोड़े—जमादारिन बीच में कूद पड़ी। कितना दूँ? क्या दूँ—यह पूछ उस हरामजादी से। बेवा है बेवा। जिंदगी भर की भूखी! पहले शौहर को खाया, अब तुझे खाएगी। निगोड़ी के चूतड़ की खाल खींचकर नमक न छिड़का जाए, तब तक इसकी···

और, तेरे पुट्ठे पर अब मांस चढ़ गए हैं नन्हकुआ!

जमादारिन की पीली धँसी आँखों में भी चमक महसूस की नन्हकू ने। वह उसके पुट्ठे की ओर क्यों घूर-घूरकर देखा करती है?

चमक, भूख!

और, क्या नन्हकू की भूख भी जगी? क्या भूख भी संक्रामक होती है?

भगवान् जाने, क्या बात हुई!

एक दिन नन्हकू तेजी से जा रहा था रंडी-किता की ओर। कुछ देर हो गई थी जो! सैकड़ों भूखियों के पेट भरकर वह लौटा, तो मुँहअँधेरा हो चला था। रंडी-किता और रसोईघर के बीच में गोशाला पड़ती थी।

एक हल्ला, जमादार की सीटी!

यह नन्हकू को सेंटर की ओर लाया जा रहा है। उसके दोनों हाथों को जमादार ने पीछे की ओर मोड़कर पकड़ रखा है और उसपर धौल-धप्पड़ों की वर्षा हो रही है। वह सिर नीचा किए है; आँखें उठाए तो कैसे?

और, यह पीछे कौन है?

जमादारिन रोती आ रही है! मुए ने मेरी इज्जत लूट ली! जबरदस्ती पटक दिया···

हाँ, जबरदस्ती पटक दिया—किंतु, किसने?

नन्हकू को जाननेवाले कहते थे—बदमाशी इस चुड़ैल की चाची की होगी। वह सीधा-सूधा जानवर! कभी खूँटा छोड़ते, रस्सा तोड़ते देखा गया था उसे? बेचारे को बरगलाया, फँसाया और अब रोदन पसार रही है, हरामजादी! रंडी-किता से क्यों गोशाला तक आई? क्या यही घसीट लाया था? तो घसीटने के समय क्यों नहीं चिल्लाई? पीठ में जो यह गोबर-गोबर लगा रखा है—पीठ में गोबर! भठियारिन!

किंतु, पाषाण-पुरी में दलील और तर्क की जगह नहीं। रोती-धोती जमादारिन जेल के फाटक की ओर गई, नन्हकू सेल में भेज दिया गया! कल बेंत लगेंगे—रात में ही सारे जेल में यह चर्चा फैल गई!

इस जेल में कौन कुकर्म नहीं होता—किंतु नन्हकू को बेंत

लगेंगे। हबीब को क्यों नहीं बेंत लगते? जमादार को क्यों नहीं बेंत लगते—जिसने इस सेंटर को ही भठियारखाना बना रखा है? दुपहरिया में जब सब 'सुस्ती' में सोते होते हैं, इस सेंटर में वह रास-लीला रचा करता है! रास-लीला? नहीं, रास-लीला में औरतों का रहना लाजिमी होता है। जमादार की पाप-लीला के लिए कोई दूसरा नाम खोजना पड़ेगा। किंतु जब तक कोई नाम नहीं मिलता, तब तक वह अपराध कहाँ? नन्हकू एक स्त्री के साथ···

हाँ, जेल में स्त्री सबसे अधिक वर्ज्य प्राणी है! रंडी-किता में जमादार भी अकेले नहीं घुस सकता। सुपरिंटेंडेंट का सबसे कड़ा ध्यान इसपर रहता है कि किस स्त्री का मासिक धर्म कब हुआ? बाजाप्ता चार्ट रखे जाते हैं। ज्योंही चार्ट में जरा गड़बड़ी हुई, हलचल मच जाती है! पूछताछ, दौड़धूप! जेलर, डॉक्टर···

जेल में सबसे अधिक वर्ज्य प्राणी है तो स्त्री! और नन्हकू ने यही किया। आज जमादारिन, कल कोई रंडी!

नहीं, नहीं—नन्हकू को बेंत लगना ही चाहिए, कल लगकर रहेंगे!

६

तिकठी और बेंत

भोर से ही जेल-भर में तहलका—आज बेंत लगेंगे, नन्हकू को बेंत लगेंगे।

नन्हकू, जमादारिन! तरह-तरह के किस्से गढ़ लिये गए!

थोड़ा-सा दिन चढ़ते-चढ़ते उस किस्से में जमादार भी शामिल था।

जमादार, जमादारिन में गड़बड़ चल रही थी। बीच में पड़ गया यह गरीब नन्हकुआ और—। 'दो पाटन के बीच में साबित बचा न कोय?'

नौ बजे सुपरिंटेंडेंट पहुँचा। वह सीधे उस सेल में गया जहाँ नन्हकू था और दस बजते-बजते सेंटर पर तिकठी खड़ी कर दी गई!

तीन पैरवाली, तीन काठ की, यह तिकठी!

देहात में कहावत है—तीन तेकट, महा बेकट। हाँ, तीन का समागम हमेशा विकट होता है।

तीन लोक, तीन काल, तीन देव, तीन वेद, तीन गुण—इन अनेक त्रिकोणों के चलते ही दुनिया में इतनी परेशानी है, बाबू!

मैं तीन देखते ही घबरा जाता हूँ, बाबू! त्रिगुट दुनिया की सबसे बुरी गुट होती है।

इस जेल में सुपरिंटेंडेंट, जेलर और जमादार—दशरथ, हबीब और कल्लू—त्रिकोण, त्रिगुट, तिकठी।

तिकठी—सेंटर में खड़ी हुई कि सारा जेल थर्रा उठा!

तिकठी के सामने एक तिपाई पर बेंत रखे गए!

लाल-लाल बेंत! कब से तेल पिला-पिलाकर पोसे जाते रहे हैं ये? छोटे, बड़े, मँझोले! मोटे, पतले! बहुत दिनों के बाद उन्हें पोंछा जा रहा है—तेल लगा-लगाकर कपड़े से पोंछा जा रहा है।

सुक्खू डोम का चेहरा यों भी खूँखार लगता था—आज उसकी आँखें शिकारी जानवर की तरह लहक रही हैं।

सुक्खू—पुराना चोर, मगहिया चोर। साल में चार महीने बाहर रहता है, आठ महीने यहाँ!

चोरी करता है, तब आता है; जेल में सफैय्या की जरूरत हुई, तब भी आता है।

क्या नौकरी पर?

नहीं, हर थाने में मगहिया डोमों की सूची रहती है। इस पूरी कौम को ही जरायमपेशा कौम मान लिया गया है। ज्योंही जेल में सफैय्या की कमी हुई, थाने में खबर की गई, उनमें से दो, चार, दस को पकड़कर १०९, या ११० दफा में चालान कर दिया गया!

सुक्खू सफैय्या का भी काम करता है और जल्लाद का भी। फाँसी के रस्से पर मोम वह लगाता है, बेंत को वह पोसता और पोंछता है।

हर फाँसी पर उसे चार रुपए इनाम मिलता है, हर बेंत के दिन उसे एक बोतल ठर्रा मिलता है!

तिकठी खड़ी है, बेंत पड़े हैं। सेंटर पर बेंत लगते हैं, जिससे सभी कैदी समझ जाएँ, जेल क्या चीज है!

फाँसी सुपरिंटेंडेंट के सामने होती है, बेंत सुपरिंटेंडेंट के सामने लगते हैं! तिकठी की बगल में एक टेबुल और एक कुरसी रख दी गई है।

फिर स्ट्रेचर आता है; बैंडेज के लिए कपड़ा, रूई और टिंचर रख दिए जाते हैं।

और, वह नन्हकू को लाया जा रहा है। नन्हकू—रात-भर में ही कैसा काला पड़ गया है! किंतु जरा भी बोलता नहीं—सिर झुकाए आ रहा है। क्या शर्म लग रही है? क्या पश्चात्ताप

हो रहा है?

दूसरी ओर से सुपरिंटेंडेंट आते हैं, जेलर और डॉक्टर आते हैं।

डॉक्टर साहब नन्हकू के स्वास्थ्य की जाँच कर रहे हैं। सभ्यता का युग है न? मारने के पहले देख लेना पड़ता है कि कितनी मार लगने तक इसकी जान नहीं जा सकती है!

तीस बेंत!

हजूर—नन्हकू ने मुँह खोला। शायद कुछ कहना चाहता था, किंतु जमादार ने डाँट दिया—चो···प्!

पैंट और कुरता हटा दिए गए। नंगा करके तिकठी पर चढ़ा दिया गया। नंगा करके—कहीं कपड़े में बेंत न उलझ जाएँ!

दोनों हाथ और दोनों पैर तिकठी के दो पायों में अलग-अलग बाँध दिए गए। तिरछी खड़ी है यह तिकठी। उसपर तिरछा लेटा हुआ है नन्हकू।

तिकठी पर नंगी मानवता लेटी है!

चूतड़ पर टिंचर लगाया जा रहा है! बेंत की सजा चूतड़ पर होती है!

फिर टिंचर में भिगोकर कपड़े की एक पट्टी साट दी जाती है। इधर सुक्खू बेंत सँभाल रहा है—उन बेंतों में से एक लंबा मजबूत बेंत उसके लिए चुन लिया गया है!

जमादार गिनती कर रहा है; एक-दो—तीन···

सुक्खू बेंत मार रहा है—तड़ाक्, तड़ाक्, तड़ाक्···

पहले बेंत से ही सारा जेल काँप उठा! नन्हकू काँप रहा है, तिकठी काँप रही है, सेंटर का टावर काँप-सा रहा है!

चार-पाँच—छः-सात···

चूतड़ की ऊपर की खाल कट गई, पट्टी गिर गई, खून चू रहा है—किंतु नन्हकू बोलता तक नहीं; क्या वह बेहोश हो गया है? चूतड़ पर टिंचर से भिगोई दूसरी पट्टी रख दी गई। जमादार की गिनती फिर शुरू हुई—

आठ-नौ—दस—

और, अब यह चीख! हृदय-विदारक! बाबू, आप लोग भी इस शब्द का प्रयोग करते हैं, किंतु हृदय-विदारक क्या चीज है, आप तब तक नहीं जानेंगे जब तक बेंत की सजावाले की चीख न सुनेंगे! चीखनेवाले का हृदय विदीर्ण होता है, तभी हृदय-विदारक चीख निकलती है। नन्हकू का चूतड़ पहले फट चुका था; अब उसका हृदय फट रहा था। अब बेंत चूतड़ पर नहीं पड़ रहे थे, उसके हृदय पर पड़ रहे थे!

आठ··· नौ··· दस···

तड़ाक्··· तड़ाक्··· तड़ाक्···

हा··· हा··· हा···

हाँ, वह आह नहीं कर रहा था, ऊह नहीं कर रहा था। हा—हा—हा—मालूम होता था, उसके फेफड़े की आखिरी साँस उसके मुँह से निकल रही है। समूचे वातावरण में उसकी हा-हा छा रही थी!

ग्यारह··· बारह··· तेरह···

तड़ाक्··· तड़ाक्··· तड़ाक्···

हा··· हा··· हा···

चौदह-पंद्रह—सोलह; तड़ाक्-तड़ाक्-तड़ाक्; हा-हा-हा। बाद में सिर्फ हा-हा-हा! सिवा हा-हा-हा के कुछ नहीं सुनाई पड़ता। चूतड़ पुर्जा-पुर्जा कट चुका है; उसपर पट्टी पर

पट्टी रखी जा रही है; मांस के लोथड़े गिर रहे हैं; खून की धारा गिर रही है—और, वह आगे?

क्या कंबख्त ने पेशाब कर दिया! नहीं, नहीं—यह उजला-उजला—तार-सा बँधा! बाबू-बाबू, निर्लज्जता का, अश्लीलता का दोष मत दीजिए! छिपाऊँ कैसे, बताऊँ कैसे? उसके चूतड़ से खून चू रहा था; जननेंद्रिय से धातु का तार लगा था!

आदमी, आदमी! तू आदमी की क्या दुर्गति कर देता है आदमी?

आदमी की यह गति? इस युग में?

किंतु, आदमी जितना सभ्य होता जा रहा है, उतना ही क्रूर भी, निर्मम और निर्लज्ज भी। चूतड़ पर मारना, नंगा करके मारना, इस तरह मारना, इतना मारना कि एक ओर से रक्त, दूसरी ओर से धातु!

थोड़ी देर के बाद उसका हा-हा भी बंद!

जमादार ने तीस की गिनती पूरी की, सुक्खू ने बेंत रखकर सुपरिंटेंडेंट को सलाम किया। डॉक्टर साहब स्ट्रेचर लेकर दौड़े और नन्हकू को—बेहोश नन्हकू को—तिकठी से उतारकर, स्ट्रेचर पर लिटाकर, एक कंबल ओढ़ाकर अस्पताल ले गए!

कुछ देर तक ऐसा सन्नाटा छाया हुआ था, जिसे मौत का सन्नाटा कह सकते हैं। सुपरिंटेंडेंट और जेलर फाटक की ओर जब चले, तो उनके जूतों के शब्द आप गिन सकते थे!

७

पगली-घंटी!

टन् टन् टन्, टन् टन् टन्, टन् टन् टन्…

पहले दिन जब ये शब्द गूँज उठे थे, कौतूहल हुआ था।

शब्द सुनते ही सारे कैदी भागे, खटालों के भीतर आ रहे। खटालों के दरवाजे पर वार्डर खड़े हो गए। गिनती शुरू हुई। एक-दो-तीन-चार…

उधर जेल के कोने-कोने में बाहर से आए वार्डर दौड़ने लगे। कुछ इस ओर जा रहे हैं, कुछ उस ओर। कोई खाली पैर, कोई खाली सिर। किसी की कमर में धोती लिपटी, तो कोई सिर्फ लँगोटी लगाए। किसी के हाथ में डंडा, किसी के हाथ में जलावन की लकड़ी। यह तो अजीब हालत है? यों क्यों दौड़ पड़े ये लोग?

यह पगली घंटी बजी है। नियम है कि ज्योंही जेल का कोई कर्मचारी यह घंटी सुने, जहाँ जैसे हो, दौड़ पड़े फाटक की ओर और सामने जो कुछ पाए, हाथ में लेकर भीतर घुस जाए।

वार्डर चारों और दौड़ ही रहे थे कि हथियारबंद सिपाहियों का एक दस्ता भीतर घुसा—लेफ्ट, राइट, लेफ्ट…

सेंटर टावर से अब लाल झंडा दिखाया जा रहा था। जिस ओर उससे इशारा किया गया, दस्ता उस ओर चला। दस्ता गोशाला की ओर जा रहा था!

फिर फायरिंग की आवाज हुई। क्या गोलियाँ चलाई जा रही हैं? किनपर गोलियाँ चलीं, कौन उसके शिकार हुए? आह रे, पत्थर की इन दीवारों के अंदर जान इतनी सस्ती है?

लेकिन यह सब कुछ खिलवाड़-खिलवाड़ था। पगली

घंटी का यह रिहर्सल हो रहा था। जेल में कोई ऊधम हो जाए, या जेल से कोई भाग जाए, तब यह खतरे की घंटी बजती है।

जेल से कोई भाग जाए? दिन में छः बार गिनती—रात में गिनती-ही-गिनती। इतनी ऊँची दीवारें—दीवारों पर पहरे पड़ रहे। कोई भागेगा कैसे?

लेकिन पगली घंटी बजती है तो कोई भागता जरूर होगा।

और, किसी ने भागकर दिखा ही दिया कि यों भागा जाता है।

रात का वक्त था, एकाएक पगली घंटी घनघना उठी। अभी-अभी हम लोग सोए थे। घंटी सुनकर अचानक जगे और अवाक् रह गए। इस पाषाण-पुरी में जैसे प्रेत लुकाठी लेकर दौड़ रहे हों।

जेल के फाटक पर हमने प्रायः ढेर-की-ढेर मशालें रखी देखी थीं। उन मशालों का क्या उपयोग—यह आज देख रहे हैं।

इधर हा-हा, उधर हू-हू। जेल की दीवारों के निकट मशालों की कतारें खड़ी हो गईं। फिर कई दल मशाल लेकर खटालों की ओर दौड़े। पहरों से पूछे जा रहे हैं, मेठों से पूछे जा रहे हैं। पाखानों में देख रहे हैं, छतों पर देख रहे हैं। फिर पेड़ की डाली-डाली पर मशालों से रोशनी की जाती है।

'उतर साला, उतरता है या गोली मार दी जाएगी!'

कई वार्डर एक साथ ही पेड़ पर चढ़ जाते हैं और उसे उतार लाते हैं।

'बोल, तुम्हारे और साथी कहाँ हैं?'

वह क्या बताता? उस बेचारे को तो धोखा दिया गया, अब वह उन्हें किस तरह अपना साथी कहे।

एक पुराना डकैत आया था, अभी वह हाजत में ही रखा गया था। हाजत में थोड़ी ढिलाई रहती है। अभी वे पूरे कैदी तो समझे नहीं जाते—इसलिए उनपर उतना ध्यान नहीं दिया जाता। कौन जाने, छूट ही जाएँ! जमानत पर तो अधिकांश लोग चले ही जाते हैं।

किंतु वह डकैत जानता था, वह न तो छूट सकता है, न जमानत पर जा सकता है। कई खून उसके सिर पर नाच रहे थे!

हाल में जब कचहरी गया था, शीशे की थोड़ी बुकनी लेता आया था। इस बुकनी को डोर में लगाकर वह रात-भर खिड़की के छड़ को काटता रहता। लेटा हुआ है, डोर को दोनों हाथों से खींच रहा है, धीरे-धीरे, जिससे शब्द न हो। लोहे की दो मोटी छड़ों को सूत की डोर ने, शीशे की मदद से, काट डाला!

फिर तीन पुराने पापियों का गिरोह बनाया उसने। गिरोह बनाने की कला में डाकू प्रवीण होते ही हैं।

आज पहरा को उसने बड़े प्रेम से गाँजा पिलाया था! गाँजा पीकर वह लुढ़क गया और गिनता रहा—एक··· दो··· ती··· चा···

तब तक चार कैदी नौ दो ग्यारह हो चुके थे!

दोमंजिले पर ये लोग थे। छड़ को तिरछा कर खटाल से बाहर निकले और पानी गिरने के लिए लगाए गए बंबे को पकड़ते हुए नीचे उतर आए!

हौले पैर दीवार के नजदीक पहुँचे! एक के कंधे पर एक, यों चौथा आदमी—वह मशहूर डाकू—दीवार के ऊपर था! पहले से ही धोतियों की सीढ़ी बना ली गई थी। वह दीवार से ससरकर नीचे आया, दूसरा भी सीढ़ी का आसरा लेकर दीवार

पार कर गया; किंतु यह तीसरा; दीवार के उस पार कूद गया! धम्म–

पहरे का सिपाही जागा। तीनों कैदी धम्म-धम्म करते भागे। पगली घंटी बजी–जो बेचारा भीतर रह गया, वह क्या करे? कुछ सूझ नहीं पड़ा तो पेड़ पर जा चढ़ा!

पेड़ पर से वह नीचे उतारा गया और कुटाई-पिसाई के बीच उसे सेल पहुँचाया गया। किंतु जेल में से जो भाग गया वह शेर, जो मर गया वह मच्छर!

अब इस मच्छर को मारने से ही क्या होता है? शेर तो निकल चुके थे, तीन-तीन। भोर से ही सारे जेल में मातम छाया हुआ था। यहाँ हत्याएँ देखी हैं, बेंत लगते देखे हैं, फाँसियाँ देखी हैं–किंतु क्या कभी ऐसा मातम देखा गया था? दो दिनों के अंदर ही अंदर आई.जी. आ गए और हफ्ता भी नहीं लगा कि जेलर और जमादार की बदली हो गई। उनके ओहदे तोड़ दिए गए और उनके मुशाहरे में भी कमी कर दी गई।

वह डाकू क्या गया, जेल के कैदियों को निहाल कर गया। जो नए जमादार और जेलर आए, उन्होंने सख्तियों में कमी नहीं की, किंतु उनकी धाक जमने में भी देर लगी और उनके प्रपंच शुरू होने में तो देर हुई ही। कल्लू-हबीब की चलती में भी कमी हुई। कैदियों के रोम-रोम का आशीर्वाद उस डाकू को मिला करता!

किंतु, यह क्या बात है, बाबू, कि जेल का भागा हुआ छः महीने के अंदर ही जरूर गिरफ्तार होता है! ज्यादातर तो ऐसा होता है कि भागा और तीन दिनों के अंदर ही फिर आ पहुँचा। जेल की पोशाक खासकर धोखा देती है। बाहर की उज़ली,

काली या रंगीन पोशाक में जेल की धारीदार किट खप नहीं पाती। किंतु, ये लोग भागे थे हाजत से—इसलिए इनके अपने कपड़े थे। लेकिन कपड़े ने तो बचाया, पाप जो बचने दे। भागे हुए कैदी की मनोवृत्ति ही कुछ अजीब किस्म की हो जाती है—हर आवाज पर चौंक उठेगा, हर अपरिचित सूरत पर काँप उठेगा। छोटे से घेरे से वह निकल भागता है, किंतु सारे संसार को अपने लिए घेरा बना लेता है। उसका जेल फैल जाता है, उसके वार्डरों और जमादारों की संख्या अनगिनत हो जाती है। आखिर, किन्हीं काँइयों की नजर पड़ी और वह फिर जेल में!

फिर जेल में—और, तब की दुर्गति की मत पूछिए। उसके सिर पर की लाल टोपी हमेशा खतरे की सूचना देती है—सब उससे चौकस, सब होशियार। हर ओर घँसा, हर ओर हुँरपेटा! जेल का अछूत—कोई उससे बोलना नहीं चाहता; जो बोला, वह भी गया! अलग खाना, अलग सोना! किंतु रौरव की कल्पना रखते हुए भी संसार में पापियों की तादाद तो घटी नहीं!

८

फाँसियाँ भी देखीं!

हाँ, मैंने फाँसियाँ भी देखी हैं, बाबू! दर्जनों फाँसियाँ देखी हैं, किंतु तीन कैदियों की फाँसियों को मैं भूल नहीं सकता। उनमें एक सिआर की मौत मरा, दूसरा साँड़ की मौत और तीसरा शेर की मौत!

हाँ, एक सिआर की, दूसरा साँड़ की और तीसरा शेर की

मौत मरा। जिस तरह कैदी-कैदी में अंतर है, उसी तरह फाँसी-फाँसी में भी अंतर होता है, बाबू!

वह, जो सिआर की मौत मरा।

वह जंगली था। अपनी सास की, डाइन होने के संदेह पर, गरदन काटकर आया था। अपनी सास की—क्योंकि उसको शक था कि उसके जो बच्चे होते हैं, उन्हें वह डाइन खा जाती है। डाइन सबसे अधिक अपने ही लोगों पर चोट करती है न? वह खब्बीस बुढ़िया एक के बाद एक करके लगातार अपने तीन नातियों को खा चुकी थी!

एक के मारने पर संदेह हुआ, दूसरे पर निश्चय किया; और, तीसरे पर प्रतिहिंसा जाग उठी। वह जंगल में लकड़ी काटने गया था। लौटा तो मालूम हुआ, तीसरा बच्चा भी मर चुका! कई दिनों से बीमार था वह बच्चा। उसने सास को चेता दिया था—खबरदार, मेरे बच्चे को इस बार खाया तो समझ लेना। किंतु, बुढ़िया ने खाकर ही दम लिया। और, खाकर अब रो-धो रही थी मक्कार! कुल्हाड़ी उसके हाथ में थी। उसी कुल्हाड़ी की धार से उसकी गरदन काटकर उसके 'पास' से सिर को थुकचा-थुकचा कर दिया और खुद थाने में हाजिर हो गया! खुद थाने में हाजिर हुआ और अपराध स्वीकार कर लिया—जैसे उसने एक सुकर्म किया हो!

किंतु, यह जोश, या खब्त कहिए, कायम नहीं रह सका। जब फाँसी की सजा हुई और उसका दिन भी तय हो गया तो दूसरा दौर शुरू हुआ—दिन-रात रोता रहता, चिल्लाता रहता। जब फाँसी के सेल से कोई आवाज नहीं होती, तो हम समझ लेते, वह सो गया है।

फाँसी के दिन तो उसने कमाल किया, बाबू! अमूमन फाँसी भोर को होती है। जब भोर में वार्डर उसके सेल के निकट, गए, तो उसने घिनौनेपन की हद कर दी। पाखाना करके रखे हुए था। उसे पेशाब में घोल लिया था। और अब उसके छींटे वार्डरों पर दे रहा था!

वार्डर छीः-छीः करते, नाक-भौं सिकोड़ते भागे। किंतु, क्या घिनौनेपन से फाँसी टल सकती है? पहले समझाने-बुझाने की कोशिश की गई। तब दरवाजा खोला गया—वह गंदगी उड़ेलता जाता था। झपटकर उसे बेकाबू किया गया। फिर टाँग-टूँगकर पीटते-पीटते फाँसी के तख्ते पर ले आए उसे। हाथ पीछे बाँध दिए गए, सिर पर फाँसी की टोपी रख दी गई। तख्ते पर खड़ा कराकर गरदन में फंदा डाल दिया गया। सुपरिंटेंडेंट के हाथ से रूमाल गिरा और वह फाँसी के अंधकूप में चला गया।

किंतु, यह क्या? जहाँ दो-तीन मिनट में ही रस्सी का हिलना बंद हो जाता है, वहाँ दस मिनट के बाद भी रस्सी हिल रही है! क्या बात हुई? देखा जाए?

अरे, यह तो खून-खून हो रहा है। रस्सी ठीक से गरदन में बैठी नहीं, जीभ निकल आई, जिसपर दाँत गड़ गए। गरदन फाँसी में लंबी हो ही जाती है; किंतु, यह तो अजीब लंबी हो गई है। तो भी जान निकली नहीं—न यह जी रहा है, न मर रहा है! सारा शरीर बेतहाशा काँप रहा है। सास का भूत भगाना चाहा था; अब जैसे आप ही भूत के पंजे में हो। क्या किया जाए? कुछ देर और देखा जाए। उफ् री छटपटाहट! कितनी देर देखा जाए यह मर्मांतक दृश्य! तो फिर नए सिरे से फाँसी दी जाए?

फाँसी के अंधकूप से वह ऊपर लाया गया। गरदन की

रस्सी फिर से बाँधी गई। फिर तख्ते पर रखा गया। फिर अंधकूप में झुलाया गया। तब कहीं उसकी जान निकली!

कहिए, यह सिआर की मौत नहीं है तो क्या है? यह जंगली सिआर—सिआर की तरह ही मरा; या मारा गया?

किंतु दूसरी मौत थी साँड़ की।

वह गाँव से आया था, किसान था। बपौती जमीन के लिए मारपीट हुई! खून हो गया। खून इसने नहीं किया था; इसके आदमियों ने किया था। किंतु, उसकी जिम्मेदारी से यह अपने को बरी नहीं करता था। इसको अफसोस था कि खून हुआ और खून हुआ उसका, जिसे वह जिंदगी-भर चाचा कहकर पुकारता था। उस भोर में भी वह चाचा से मिला था और आरजू की थी कि पंचायत से नहीं तो मुकदमे से मामला तय करा लिया जाए। चाचा भी राजी हो गए थे—किंतु चाचा के बेटों ने नहीं माना। खेत में हल चढ़ा दिया। वह दौड़ा, उसके आदमी दौड़े। ठन गई। अब लाठी की मार तो होती नहीं कि खोपड़ी फूटकर, हड्डी टूटकर, रह जाए। गँड़ासे की मार, बरछे की मार। खैरियत समझिए कि एक ही खून हुआ। चाचा का खून हुआ, मेरा भी खून हो सकता था—वह वीतराग-सा सारी कहानी सुनाता और खून के बदले खून के न्याय को मानकर अपने को पहले से ही मरने को तैयार कर लिया था उसने।

थोड़ा पढ़ा-लिखा था; रामायण पढ़ता, हनुमान-चालीसा का पाठ करता। क्या गरुड़ पुराण सुनवा दीजिएगा जेलर बाबू! इसकी शांति और निश्चितता से सब हैरान थे। इसकी यह इच्छा भी पूरी कर दी गई—फाँसी के मौके पर राक्षसता में भी मानवता उमड़ आती है, बाबू! भोर में फाँसी होने को थी, उसके

पहले दिन गोदान भी करा लिया इसने।

गोदान के दिन इसकी माँ आई थी, स्त्री आई थी। बूढ़ी माँ, जवान स्त्री। वे चिल्ला-चिल्लाकर रो रही थीं—किंतु, इसने तो जीवित रहते ही निर्वाण प्राप्त कर लिया था जैसे। न कहीं हर्ष था, न कहीं विषाद। खून का बदला खून! अपने दुधमुँहे बच्चे को चूमकर माँ को दिया और कहा—अब तेरा बेटा यही है माँ! पृथ्वी का बदला पृथ्वी पर ही चुकाकर जा रहा हूँ—नहीं तो हत्या का फल कुंभीपाक में भुगतना पड़ता!

घर के लोग चले गए तो जेलर से कहा—जेलर साहब, सुनते हैं, स्वर्ग में भी पान, केला और दही नहीं मिलते। क्या इनका इंतजाम कर दीजिएगा? जेलर ने इन्हें मँगा दिया, रात में इन्हीं का फलाहार किया इसने!

फाँसी का दिन—बहुत तड़के उठा! शौचादि से निवृत्त हुआ, पानी मँगाकर स्नान किया, रामायण का थोड़ा पाठ किया और हनुमान-चालीसा पढ़ते हुए फाँसी के चबूतरे की ओर चला!

हम लोग जाग गए थे। अपने-अपने खटालों से इसके पैर की बेड़ी के झनझन में इसके मुँह से निकलते हुए पाठ को स्पष्ट सुन रहे थे।

जयराम—जयराम—जयराम!

सबका अभिवादन किया—जेलर का, सुपरिंटेंडेंट का, जमादार का, जज का भी—जो फैसला सुनाने की विधि पूरी करने आए थे। फिर फाँसी के तख्ते पर चढ़ गया; चढ़ गया, झूल गया, जय··· रा··· म···

चलते-चलते एक निवेदन कर गया था—ब्राह्मण का

बेटा हूँ, मेरी लाश चांडाल को नहीं छूने दीजिएगा! जब खटाल खुला, देखा, चार ब्राह्मण वार्डर उसकी लाश को स्ट्रेचर पर लादे गेट की ओर ले जा रहे हैं। भोर-भोर, सूरज की सुनहरी किरणों में उन चारों की आँखों के कोर चमक रहे थे। पत्थर पसीज गया था, बाबू!

कहते हैं, उस दिन जेलर के घर में खाना नहीं बना—और दो दिनों तक सुपरिंटेंडेंट जेल के भीतर नहीं आया, यह तो हमने पाया ही!

सब समझ रहे थे, जैसे एक साँड़ की बलि चढ़ा दी गई! कितना सूधा था यह साँड़। कितना निर्दोष, कितना शांत! उसका शरीर भी साँड़ की ही तरह था, बाबू! स्ट्रेचर पर जब उसकी लाश ले जा रहे थे, मालूम होता था, एक साँड़ को ही ढोकर ले जा रहे हैं वे! सारा स्ट्रेचर मसर-मसर कर रहा था।

और, तीसरा तो शेर था; शेर की ही तरह फाँसी पर फाँदकर चढ़ गया वह।

कुछ दिनों से कानों-कान एक कानाफूसी चल रही थी, कोई बड़ा भयानक कैदी जेल में आने वाला है। जेलर ने कई बार फाँसी-सेल का मुआइना किया। एक बार खुद सुपरिंटेंडेंट उस ओर देखा गया और जब उस दिन जेल के चारों ओर सशस्त्र पुलिस का पहरा पड़ने लगा, तब हमने समझा—वह आ रहा है!

एक आधी रात को वह आया और उसी समय समूचे जेल को गुंजित कर दिया उसने। जहाँ सिर्फ हाहाकार और चीत्कार था, वहाँ गगनभेदी नारे और उच्चकंठ से गाए जानेवाले संगीत की ध्वनि-प्रतिध्वनि सुनाई पड़ने लगी! सख्त मनाही थी कि फाँसी-सेल की ओर कोई न जाए। किंतु यह बात भोर में ही फैल

गई कि वह एक नौजवान है, बिलकुल अठारह-उन्नीस साल का। गोरा रंग है उसका और घुँघराले बाल। वह कोई मोटा तो नहीं है, किंतु सारी मांसपेशियाँ कसी हुई हैं। जब खुले बदन खड़ा था तो मालूम होता था, सोने की मूर्ति किसी ने खड़ी कर दी है!

उसे फाँसी होने वाली है और अभी परसों। जल्दी-जल्दी की जा रही है, जिससे बाहर किसी को खबर न हो। चुप-चोरी रात में उसे लाया गया है यहाँ और चुप-चोरी फाँसी दी जाएगी! चुप-चोरी—हाँ, हाँ; वह बम-पार्टी का आदमी है। एक सरकारी गवाह का खून करके आया है। सरेबाजार, भरीशाम को, उसने उसे ज़हन्नुम पहुँचा दिया और किसी की हिम्मत न हुई कि उसे पकड़े। आखिर उसके एक साथी ने ही धोखा दिया और अब वह फाँसी पर झुलाया जाएगा!

दो दिन और दो रात में ही उसने इस जेल का कायाकल्प कर दिया। जेलर उससे डरता है, सुपरिंटेंडेंट ने कुछ शान दिखाई तो इस तरह घुड़का कि उसकी सारी शेखी हवा हो गई। जमादार की बुरी गत है; वह उसके सामने होने से भय खाता है। किंतु जो कैदी उसे खिलाने जाता है उससे वह बड़े प्रेम से मिलता है—हँसकर बातें करता है और कहता है, डरते क्यों हो? ये सारे-के-सारे भूत हैं। भूत कुछ नहीं है, अपने मन का डर है। डर दूर करो, भूत अपने आप भाग जाएगा!

जेल के अफसरों की यह दुर्गति हो सकती है, इसकी कल्पना भी किसी ने नहीं की थी। एक अकेला आदमी सिर तानकर खड़ा है और सब विरोधी, अत्याचारी शक्तियाँ थरथर काँप रही हैं। यह क्या बात है भाई? यह कौन-सा जादू है? हर कैदी यह सोचने लगा और ज्यों ही सोचना शुरू कीजिए, आदमी का बदलना शुरू हो

जाता है। कायरता ही संक्रामक नहीं है, वीरता भी!

जिस दिन फाँसी होने को थी, रात-भर हमने नारे सुने, गाने सुने। जेल में शायद ही कोई सोया हो। और, भोर में सारा जेल फौजी पड़ाव बन गया था। जहाँ देखिए, हथियारबंद पुलिस किरचें ताने खड़ी है। सुनते हैं, बाहर भी पहरे बिठा दिए गए थे!

बेड़ियों की झनझन में अपने कंठ का मादक स्वर भरते हुए वह फाँसी के चबूतरे की ओर बढ़ा। बीच-बीच में नारे लगाता जाता था!

'लाइए, यह फंदा खुद गले में डाल लूँ; जरा चूमने तो दीजिए ही—गुलाम देश की नौजवानी के लिए यह जयमाल है न?'

सब दंग, सब भयभीत। कोई आवाज नहीं; उसने अपने को सौंप दिया—लीजिए, जैसी आपकी मरजी, वही कीजिए।

फाँसी की टोपी—हाथ पीछे करके हथकड़ी—पैर तख्ते पर—फंदा गले में।

'अँगरेजी राज का नाश हो—इनकलाब जिंदाबाद!'

वह चल बसा! वीरों की मृत्यु! चारों ओर बंदूकें, किरचें। दुश्मन से घिरा। मृत्यु सामने खड़ी। किंतु जरा भी भय नहीं, झिझक नहीं। मरण का वरण—हँसते-हँसते! देखनेवालों ने बताया, फाँसी के अंधकूप से जब उसका निष्प्राण शरीर निकाला गया तब भी उसके चेहरे पर वही हँसी थी—यद्यपि उसकी गरदन लंबी हो गई थी!

वह चल बसा—किंतु, बहुत दिनों तक इस जेल में रह-रहकर नारे का स्वर सुनाई पड़ता था। कोई-कोई कहता—उसकी आत्मा यह नारे लगा जाती है। क्या यह सच हो सकता है?

चाहे जो हो, चलते-चलते वह जेल का कायाकल्प तो कर

ही गया। उसी दिन से जेल की सूरत बदलने लगी, बाबू! वह फाँसी पर नहीं चढ़ा, सुपरिंटेंडेंट, जेलर, जमादार, वार्डर सबकी शान एकबारगी ही फाँसी पर चढ़ गई। उस शान को जिलाने के लिए कोशिशें की गईं; किंतु फाँसी पर चढ़े हुए शव में कहीं जान आती है!

एक शेर गया, कितने शेरों के लिए उसने पिंजड़ा खोल दिया—पाषाण-पुरी कुछ ही दिनों में 'सिंहों की माँद' बन गई।

लेकिन एक बात बाबू—चाहे सिआर की मौत हो, साँड़ की मौत हो या शेर की मौत हो—फाँसी फिर भी फाँसी है!

क्या हत्या की सजा हत्या ही हो सकती है? हमने हत्या की, तब तो हमारी हत्या की जा रही है। किंतु, हमारी हत्या जो कर रहे हैं, क्या उनपर यह नियम लागू नहीं?

हत्या की सजा हत्या—तो यह श्रृंखला रुकेगी कहाँ?

सरकार के द्वारा की गई हत्या हत्या नहीं है, यदि यह मानते हैं तो यह भी मानिए कि 'वैदिकी हिंसा हिंसा न भवति!'

फिर क्या हत्या के लिए कोई मानवोचित उपाय काम में नहीं लाया जा सकता, जो बर्बर युग की इस प्रणाली को जीवित रखा जा रहा है?

दस दिन, बीस दिन पहले से ही खबर कर देना कि अमुक दिन तुम्हारी हत्या की जाएगी—हर दिन यह पूछना कि क्या खाना चाहते हो, किससे मिलना चाहते हो—हर आदमी उसके नजदीक पहुँचकर कह जाया करे कि हाय, बेचारा जा रहा है—फिर दस दिन पहले से ही उस हत्या की तैयारी—

रस्से पर मोम लगाया जा रहा है—उसी की वजन का एक बुत बनाकर उसके गले में फाँसी लटकाए जाने का अभ्यास

किया जा रहा है—फाँसी के फ्रेम को खड़ा करके अच्छी तरह मुआइना किया जा रहा है कि ठीक से काम करता है या नहीं—और, इस एक-एक की खबर उस बेचारे के पास पहुँच रही है—वह जिंदा ही तिल-तिल कर छीजता जाता है! कहिए, यह कोई मानवोचित प्रक्रिया है?

और, यह गले की फाँसी! फाँसी द्वारा तीन ढंग से मौत होती है, बाबू, यह डॉक्टर लोग बताते हैं। सबसे अच्छी मौत है झटके की। ज्यों ही तख्ता हटता और कैदी अंधकूप में लटकता है, इस तरह का झटका लगता है कि उसकी गरदन की हड्डी टूट जाती है और तुरंत मृत्यु हो जाती है। इसमें शायद ही एक मिनट लगे। दूसरी मौत, छाती की धड़कन बंद होने से होती है—अंधकूप में पहुँचते ही आदमी की साँस अचानक रुक जाती और छाती की धड़कन एकाएक बंद हो जाती है। इस मृत्यु में भी ज्यादा कष्ट नहीं होता। किंतु तीसरी मौत? गले में रस्सी कसती जा रही है, धीरे-धीरे साँस बंद हो रही है, आदमी छटपटा रहा है—उफ्, अजीब छटपटाहट! समूचा शरीर कभी सिकुड़ रहा है, कभी तन रहा है, कभी धनुषाकार हो जाता है, कभी कुंडलाकार—आह, यह मौत है या…

हत्या की सजा यदि हत्या है, तो हत्या का कोई दूसरा उपाय निकलवाइए बाबू! गोली से मार दीजिए, बिजली से मार दीजिए—किंतु आदमी का दम घोंट-घोंटकर मारने की इस पाशविकता को तो दूर ही कराइए!

फाँसी में अधिकांश मृत्यु, इसी तरह गला घुटने से होती है। जिसका कलेजा मजबूत है, उस बेचारे की सबसे बुरी गत होती है—बशर्ते कि वह झटके से न मर जाए!

९

पत्थर पर फूल

कहीं पत्थर पर फूल खिलते हैं?

और, पहाड़ों पर तो फूलों की कमी नहीं होती?

किंतु क्या पहाड़ सिर्फ पत्थर है?

जहाँ पहाड़ सिर्फ पत्थर है, वहाँ फूल नहीं खिलते, पौधे नहीं उगते। किंतु पहाड़ का पत्थर भी हवा-पानी, गरमी-जाड़े से प्रभावित होता है। पत्थर पसीजता है, टूटता है, चूर होता है, और जहाँ चूर हुआ कि मिट्टी बना!

मिट्टी बना और पौधे उगे, फूल खिले!

जिन्होंने पाषाण-पुरी की रचना की होगी, उन्होंने सोचा होगा, यहाँ फूल खिल न सकेंगे। उनकी यह पाषाण-पुरी भीतर जानेवाले फूलों को भी मसल देगी।

किंतु वे भूल गए थे—'रंग लाती है हिना पत्थर पर घिस जाने के बाद!'

कुछ ऐसे भी फूल हो सकते हैं पत्थरों पर घिसने से जिनका रंग और खिल उठ सकता है, जिनकी गंध और भी फैल सकती है। काश, वे जान पाते यह सत्य!

और, कहीं हवा-पानी, जाड़े-गरमी के असर ने पत्थर को मिट्टी बना दिया, तो फिर क्या कहना?

एक दिन हमने देखा, इस पाषाण-पुरी में पाँच फूल उग आए!

हाँ, फूल ही।

फूल-सा रंग, फूल-सा रूप, फूल-सी गंध!

समूचा जेल जगमगा गया, गमगमा उठा!

शाही कैदी थे वे—शाही कैदी! कैदी भी शाही हो सकता है? इसकी तो कभी कल्पना भी नहीं की गई थी इस पाषाण-पुरी में?

एक पूरा खटाल उनके लिए रिजर्व हुआ। खटाल के चबूतरे तोड़ दिए गए, पलँग बिछ गए। पलँग, गद्दे, तकिए। चादर, रजाई, दुशाले। खटाल में ही बाथरूम बना—साबुन, सेंट, लोशन, स्नो। एक खास रसोईघर बनाया गया—पूड़ी-हलवा, पोलाव-शोरबा, केक, टोस्ट! ओ हो!

समूचा जेल जगमगा गया, गमगमा उठा।

सुपरिंटेंडेंट रोज आकर कुशल-क्षेम पूछ जाते; जेलर शाम-सुबह हाजिरी बजा लाते—और, जमादार! वह कुत्ता; कुत्ते-सा अब दुम हिलाता फिरता।

कभी कलक्टर आते, कभी आई.जी.।

जहाँ सूरज, वहाँ अंधकार कहाँ? प्रकाश फैलता जाता था, अंधकार सिमटता जाता था!

अब क्या जेल में अत्याचार हो सकता था?

सबसे अधिक भाग्य खुला मेरा, बाबू! इन बाबुओं के लिए कुछ पनियों की जरूरत हुई—जो साफ-सुथरे हों, शऊर-शलीका जानें। उनकी सेवा अच्छी तरह कर सकें। पहले ही बैच में मैं उनके साथ कर दिया गया।

बात प्रचलित थी कि वे लोग बड़े भयंकर जंतु हैं, इसीलिए सरकार ने उन्हें पकड़कर जेल में रख दिया है। वे बड़े आदमी हैं, इसलिए उन्हें पूरे आराम के साथ रखा जा रहा है। खुद बादशाह सलामत के वे मेहमान हैं—इसलिए, उनका यह शाही

आदर-सत्कार!

किंतु, नजदीक जाकर देखा, उनके ऐसे सरल, सूधे आदमी तो कहीं देखे नहीं। हाँ, वे बड़े आदमी जरूर थे। खूब पढ़े-लिखे, उनमें से दो तो बैरिस्टर थे, बाबू। मैं जिनकी खिदमत में रखा गया, वह कॉलेज के एक प्रोफेसर थे।

प्रोफेसर साहब की प्रोफेसरी जारी रहनी चाहिए—मुझपर ही उनकी सारी विद्या खर्च होने लगी। उन्होंने मुझे पढ़ाया, लिखाया; सोचना सिखाया, बोलना सिखाया; पाषाण-प्रतिमा में उन्होंने ही प्राण-प्रतिष्ठा की, बाबू!

पूरे दो साल तक वे रहे यहाँ। दो साल तक उनके चरणों के नीचे बैठकर मैं सीखता, समझता रहा।

मेरे इस पढ़ने-लिखने से जमादार कुड़बुड़ाता—किंतु, किसकी मजाल थी जो उन लोगों की इच्छा के प्रतिकूल कोई काम करे!

सुपरिंटेंडेंट उनके साथ चाय पीता; जेलर उनके साथ ताश खेलता।

सिर्फ ताश ही नहीं, तरह-तरह के खेल भी होते अब—भीतरी खेल, बाहरी खेल। शतरंज, चौपड़—बैडमिंटन, टेनिस। दिन-दिन उनकी तादाद भी बढ़ती जा रही थी। देश के कोने-कोने से पकड़-पकड़कर उन्हें जमा किया जा रहा था, इस पाषाण-पुरी में!

जिस प्रकार अचानक वे लोग, स्वर्ग के वरदान की तरह, इस पाषाण-पुरी में पधारे थे, एक दिन उसी प्रकार वसंत के आखिरी झोंके की तरह वे लोग यहाँ से चल पड़े!

किंतु अब तो इसका पूरा कायाकल्प हो चुका था, बाबू!

जमादार ने मुझे धमकाया था—बाबुओं के साथ बाबू बना था साला, अब नानी मरेगी!

मेरी नानी को वह मार न सका था कि आप लोग आ धमके!

अब यह पाषाण-पुरी पुष्पपुरी बन चुकी थी—अब जमादार के नाक-भौं सिकोड़ने से क्या हो सकता था, बाबू!

आपकी सेवा में भी एक साल गुजरा। अब तो अपनी रिहाई के दिन नजर आ रहे हैं, बाबू!

किंतु, चलते-चलते यह क्या पिछली याद दिला दी आपने! क्या यह कहानी भी कहने की थी? क्या यह भी कहानी सुनने की थी? पतितों की कहानी; पतितों के देश की कहानी!

खैर, मेरे जेल के दिन पूरे हो रहे हैं, बाबू!अब तीन-चार महीनों में मैं भी बाहर जाऊँगा। बाहर जाना—कैदियों के लिए कितनी खुशखबरी की बात है! किंतु, मेरा मन तो रह-रहकर हहर जाता है। बाहर! बाहर मेरे लिए क्या धरा है? माँ मर ही गई है; पिअरिया से भेंट होगी नहीं—वह भी जरूर चल बसी होगी! फिर, बाहर जाकर कहाँ रहूँगा, कैसे रहूँगा?

किंतु, मैं चाहूँ या न चाहूँ; मुझे बाहर जाना ही पड़ेगा। ठीक उसी तरह, जिस तरह नहीं चाहने पर भी मुझे यहाँ आना पड़ा!

और, बाहर जाने पर क्या करूँगा, इसकी भी चिंता नहीं है। आप लोगों के आशीर्वाद से ऐसी बुद्धि आ गई है कि अपने लिए कोई पथ चुन लूँ।

किंतु, बाबू, आपसे सच कहूँ, ज्यों-ज्यों जेल से बाहर जाने के दिन करीब होते जाते हैं, कई प्रश्न मेरे मस्तिष्क को बुरी तरह व्याकुल कर रहे हैं? क्या आप उन प्रश्नों के सुलझाने में मेरी

मदद कर सकेंगे?

सोचता हूँ, पिअरिया से यों प्रेम करना क्या मुनासिब था? एक तो—हम दोनों दो जाति के थे, फिर हमें क्या हक था कि यह जानते हुए भी हम एक-दूसरे से उलझें। किंतु, इसका जवाब तो मैं दिए लेता हूँ। जात-पाँत तो अब आखिरी साँस ले रही है, दम तोड़ रही है। यदि हम दो-चार लात लगाकर उसका अंत और निकट ला दें, तो अच्छा ही है! वह घुट-घुटकर तो मर ही रही है, सो, जरा जल्दी ही क्यों न खतम हो जाए? किंतु, एक प्रश्न जबरदस्त है। पिअरिया की भी शादी हो चुकी थी और मेरी भी। फिर, यह प्रेम क्या उचित था?

किंतु, यहाँ सवाल होता है, शादी ही क्या चीज है? क्या शादी उसी को कहा जाए, जिसमें 'कहीं की ईंट कहीं का रोड़ा, भानमती का कुनबा जोड़ा' की कहावत के अनुसार दो प्राणियों को दो जगहों से लाकर जबरदस्ती गठबंधन कर दिया जाए? क्या विवाह के लिए दो हृदयों के पारस्परिक मिलन की कोई अनिवार्यता है ही नहीं?

यदि है—तो हम उसे क्या कहें, जिसमें हृदय-मिलन तो हुआ नहीं, और गठबंधन हो गया? क्या उसे तोड़ने का हक हमें नहीं होना चाहिए?

व्यभिचार—व्यभिचार! आज समाज व्यभिचार के नाम से ही चौंक पड़ता है! ठीक भी है। समाज में नैतिकता होनी चाहिए, सदाचार होना चाहिए। किंतु, व्यभिचार की परिभाषा क्या है? यही न, जो संपर्क विवाह-संबंध के बाहर किया जाए! किंतु, जहाँ विवाह ही सही रूप में नहीं हुआ, वहाँ व्यभिचार का सवाल ही कहाँ उठता है, बाबू? मेरे खयाल से तो सबसे बड़ा

व्यभिचार 'पति'-नामधारी वह महापुरुष है जो 'पत्नी'-नाम्नी एक अबला पर, हृदय-मिलन की आवश्यकता को बिना महसूस किए ही, केवल इसीलिए कि वह किसी पंडितजी या कुछ बड़े-बूढ़ों के द्वारा पति करार दे दिया गया है, अपनी पाशविक तृष्णा की पूर्ति करता है! कैसा भयंकर अँधेरा! तथाकथित विवाह की ओट में होनेवाली दिन-रात की इस व्यभिचार-लीला पर तो कुछ खयाल नहीं किया जाता और यदि कभी इकले-दुकले युवक-युवती हृदय की पुकार से बाध्य हो परस्पर मिलते हैं, तो व्यभिचार-व्यभिचार का तूमार खड़ा कर दिया जाता है!

और, मैं तो आपसे कहूँ, बाबू, इस संबंध में हमारे पुरखे हमसे कहीं ज्यादा बुद्धिमान थे। वे 'गठबंधन' को कभी भी महत्त्व नहीं देते थे, 'हृदय-मिलन' ही उनके लिए सब कुछ था। यदि ऐसी बात न होती तो शकुंतला, मत्स्योदरी, गंगा आदि 'देवियों' और भरत, व्यास, भीष्म आदि उनके 'सपूतों' की चर्चा हम अपने ग्रंथों में दूसरे ही रूप में पाते! भला बताइए न, इन देवियों के परिणय के लिए कब मंडप रचाया गया था? कब ब्राह्मण-देवता ने मंत्रोच्चार किया था? कब इनकी बारात सजी थी? कब गठबंधन हुआ था? तो भी इनके 'सपूत' हमारे महापुरुष हैं! हम उनके नाम लेते नहीं अघाते।

यदि उस समय की हालत से इस समय की तुलना की जाए, तब पता चले, हम कितने पानी में हैं! जरा कल्पना कीजिए, हमारी बहनें या बेटियाँ बिना हमसे पूछे, किसी वसंतकालीन दुपहरिया में किसी लता-कुंज के नीचे, या प्रातःकालीन कुहासे में किसी नदी के किनारे, या चकमक चाँदनी चर्चित कलस्विनी की

मध्य धारा में किसी युवक को देखकर ललच जाएँ, उससे उलझ जाएँ, अजी, अपने हृदय की प्यास बुझा लें, तो खबर मिलने पर क्या आप उन्हें जिंदा दरगोर किए बिना छोड़ेंगे?—उनके बच्चों को भरत, व्यास या भीष्म की तरह पूजा पाने का सौभाग्य तो दूर ; क्या वे बेचारे, दुनिया की रोशनी भी देख पाएँगे!

किंतु मैं कहाँ बहक रहा हूँ, बाबू? मैं पतित ठहरा—मुझे क्या हक कि धर्मात्मा समाज की कार्रवाइयों पर उँगली भी उठाऊँ? किंतु, एक बात!

कुछ दिनों में आप लोग भी बाहर जाएँगे। बाहर जाएँगे, और जैसा कि आप लोग कहा करते हैं, इस पृथ्वी पर स्वर्ग बसाने की कोशिश करेंगे। पृथ्वी पर स्वर्ग! कितनी सुंदर कल्पना! यह सपना सत्य सफल हो।

पर, क्या आप लोगों के उस पृथ्वी के स्वर्ग में भी पतित रहेंगे, बाबू? और, सबसे बढ़कर, क्या उसमें भी पतितों का यह देश आबाद रहेगा?

जहाँ पतित हों, जहाँ पतितों का देश हो—क्या उसे स्वर्ग के नाम से अभिहित किया जा सकता है?

जहाँ कल्लू हो, जमादार हो; जहाँ बेंत की तिकठी हो, फाँसी का तख्ता हो—यह स्वर्ग तो हो नहीं सकता। ये तो पृथ्वी के ही कलंक हैं—स्वर्ग की तो बात अलग।

स्वर्ग बना सकें, बसा सकें—फिर क्या कहना? किंतु मैं कहूँ, यदि पृथ्वी से इन कलंकों को दूर कर दें, तो कम-से-कम यह आदमियों के रहने लायक तो हो ही जाए।

देवता हम पीछे बनेंगे, पहले हम पूरे आदमी बन लें।

□□□